# FERINOS

# JACOB GREY

**FERINOS**
O ENCANTADOR DE CORVOS

*Tradução:*
Regiane Winarski

1ª edição

— Galera —
RIO DE JANEIRO
2017

CIP-BRASIL. CATALOGAÇÃO NA PUBLICAÇÃO
SINDICATO NACIONAL DOS EDITORES DE LIVROS, RJ

G859f     Grey, Jacob
          Ferinos : o encantador de corvos / Jacob Grey ; tradução
Regiane Winarski. — 1. ed. — Rio de Janeiro : Galera Record, 2017.

          Tradução de: Ferals
          ISBN 978-85-0110417-5

          1. Ficção juvenil americana. I. Winarski, Regiane. II. Título.

15-20250                                                         CDD: 028.5
                                                                     CDU: 087.5

Título original em inglês:
*Ferals*

Text © 2015 Working Partners Ltd 2015

Todos os direitos reservados.
Proibida a reprodução, no todo ou
em parte, através de quaisquer meios.

Editoração eletrônica: Abreu's System
Adaptação de capa: Renata Vidal

Texto revisado segundo o novo Acordo Ortográfico da Língua Portuguesa.

Direitos exclusivos de publicação em língua portuguesa somente para o Brasil
adquiridos pela
EDITORA RECORD LTDA.
Rua Argentina, 171 – Rio de Janeiro, RJ – 20921-380 – Tel.: 2585-2000,
que se reserva a propriedade literária desta tradução.

Impresso no Brasil

ISBN 978-85-01-10417-5

Seja um leitor preferencial Record.
Cadastre-se e receba informações sobre nossos lançamentos
e nossas promoções.

Atendimento e venda direta ao leitor:
mdireto@record.com.br ou (21) 2585-2002.

Com um agradecimento especial a Michael Ford

"...Algumas das vítimas foram encontradas com marcas de dentes; outras, largadas de grandes alturas ou inchadas com venenos no sangue. Até agora, ninguém sabe o que, ou quem, estava por trás da estranha série de assassinatos que assolou Blackstone naquele fatídico verão."

— *O mistério do Verão Sombrio*, de Josephine Wallace, bibliotecária-chefe, Biblioteca Central de Blackstone

# Capítulo 1

**A** noite lhe pertencia. Ele usava suas sombras, experimentava seus cheiros. Saboreava seus sons e silêncios. Caw pulava de telhado em telhado, um garoto visto apenas pelo olho branco da lua e pelos três corvos que voavam no céu escuro acima dele.

Blackstone se espalhava como uma infecção por todos os lados. Caw absorveu flashes da cidade; arranha-céus subindo ao leste e, ao oeste, os infinitos telhados inclinados dos bairros pobres e as chaminés fumegantes do bairro industrial. Ao norte, havia os prédios residenciais abandonados. O rio Blackwater ficava em algum lugar ao sul, uma enxurrada constante que levava a sujeira para longe da cidade, mas que nunca a deixava mais limpa. Caw conseguia sentir o odor fétido.

Ele subiu pelo painel sujo de uma claraboia. Colocando as mãos de leve no vidro, Caw espiou pelo brilho delicado. Um faxineiro corcunda empurrava um esfregão e um balde pelo saguão abaixo, perdido no próprio mundo. Não olhou para cima. Eles nunca olhavam.

Caw voltou a se deslocar, assustando um pombo gordo e contornando um outdoor antigo. Confiava que seus corvos o seguiram. Dois dos pássaros quase não estavam visíveis; eram sombras trêmulas, negras como piche. O terceiro era branco, suas penas pálidas o fazendo brilhar como um fantasma na escuridão.

*Estou faminto*, murmurou Grasnido, o menor dos corvos. Sua voz era um crocito agudo.

*Você está sempre faminto*, disse Penoso, com batidas de asas lentas e firmes. *Os jovens são tão vorazes.*

Caw sorriu. Para qualquer pessoa, as vozes dos corvos soariam apenas como gritos de pássaros comuns. Mas Caw ouvia mais. Bem mais.

*Eu estou em fase de crescimento!*, disse Grasnido, batendo as asas com indignação.

*Pena que seu cérebro não esteja*, riu Penoso.

Alvo, o corvo velho, branco e cego, voava acima deles. Como sempre, não disse absolutamente nada.

Caw diminuiu o ritmo para recuperar o fôlego, e deixou que o ar enchesse seus pulmões. Prestou atenção aos sons da noite, o deslizar de um carro no asfalto escorregadio, a batida da música distante. Mais longe, uma sirene e um homem gritando, as palavras indistintas. Se a voz estava alta de raiva ou felicidade, não fazia diferença para Caw. A área lá de baixo era para as pessoas comuns de Blackstone. Ali em cima, junto às silhuetas dos prédios... era para ele e seus corvos.

Ele passou pelo sopro quente de ventilação de um ar--condicionado e parou, as narinas dilatando.

Comida. Alguma coisa salgada.

Caw correu até a beirada do telhado e espiou. Bem abaixo, uma porta se abriu em um beco cheio de lixeiras. Ficava nos fundos de um restaurante 24 horas. Caw sabia que costumavam jogar fora comida perfeitamente boa, provavelmente sobras, mas ele não era exigente. Permitiu que seu olhar examinasse cada canto escuro. Não viu nada que o preocupasse, mas o chão era sempre arriscado. Era o lugar deles, não o seu.

Penoso pousou ao lado de Caw e inclinou a cabeça. O bico curto tinha um brilho dourado, reflexo de uma lâmpada de rua.

*Você acha seguro?*, perguntou ele.

Um movimento repentino atraiu o olhar de Caw; um rato, remexendo nos sacos de lixo abaixo. O animal ergueu a cabeça e olhou para ele sem medo.

– Acho que sim – disse Caw. – Fique esperto.

Ele sabia que eles não precisavam de aviso. Depois de anos juntos, podia confiar mais neles do que em si mesmo.

Caw passou a perna pela beirada do telhado e caiu delicadamente na plataforma da escada de incêndio. Grasnido mergulhou e se empoleirou na lateral de uma lixeira, enquanto Penoso foi cuidadosamente até o canto do telhado, de olho na rua principal. Alvo pousou no corrimão da escada de incêndio, arranhando o metal com as garras. Todos vigiavam.

Devagar, Caw desceu os degraus. Agachou-se por um momento, com os olhos na porta dos fundos do restaurante. O cheiro de comida fez seu estômago roncar violentamente. *Pizza*, pensou ele. *Hambúrguer também.*

Caw remexeu dentro da lixeira mais próxima e encontrou uma caixa amarela de poliestireno ainda quente. Ele a abriu com um estalo. Batatas! Enfiou-as na boca. Oleosas, salgadas, meio queimadas nas beiradas. Estavam deliciosas. O vinagre ácido arranhou a garganta, mas ele não se importou. Não comia havia dois dias. Ele engoliu sem mastigar e quase engasgou. Em seguida, enfiou mais um punhado na boca. Uma batata caiu da mão dele, e em um segundo Grasnido estava lá atacando a comida com o bico.

Um guincho rouco de Penoso.

Caw estremeceu, encolhendo-se ao lado da lixeira, e perscrutou a escuridão. O coração deu um pulo quando quatro pessoas apareceram na entrada do beco.

– Ei! – disse o mais alto. – Fique longe do que é nosso!

Caw cambaleou para trás com a caixa contra o peito. Grasnido saiu voando, batendo as asas no ar.

O grupo chegou mais perto, e um arco de luz da rua iluminou seus rostos. Garotos, talvez uns dois anos mais velhos do que ele. Sem-teto, a julgar pelas roupas surradas.

– Tem o bastante – disse Caw, acenando na direção do latão. Ele se sentiu desconfortável ao falar com outras pessoas. Acontecia tão raramente. – O bastante para todos.

– Não, não tem – disse um garoto com dois piercings no lábio superior. Ele andou na frente dos outros com um gingado de ombro. – Só tem o bastante para *nós*. Você está roubando.

*Devemos pegá-los?*, perguntou Grasnido.

Caw balançou a cabeça. Não valia a pena se ferir por algumas batatas.

– Não balance a cabeça para mim, seu ladrãozinho imundo! – disse o mais alto. – Você é um mentiroso!

– Que nojo, ele fede – disse um garoto menor, com cara de desprezo.

Caw sentiu o rosto esquentar. Deu um passo para trás.

– Onde você pensa que vai? – perguntou o garoto com os piercings no lábio. – Por que não fica um pouco? – Ele se aproximou de Caw e deu-lhe um empurrão no peito.

O ataque repentino pegou Caw de surpresa, e ele caiu de costas. A caixa voou da mão dele, as batatas se espalhando pelo chão. Os garotos se aproximaram.

— Agora ele está jogando a comida no chão!

— Você vai pegar?

Caw cambaleou até ficar de pé. Eles o tinham cercado.

— Pode ficar com elas.

— É tarde demais para isso — disse o líder. Ele passou a língua sobre os piercings e enfiou a mão no bolso. — Agora você tem que pagar. Quanto dinheiro tem?

Caw revirou os bolsos, o coração disparado.

— Nenhum.

O brilho de uma faca surgiu do bolso do garoto.

— Nesse caso, vamos levar seus dedos traiçoeiros, então.

O garoto se atirou para a frente. Caw segurou a beirada da lixeira e num impulso subiu em cima dela.

— Ele é rápido, hein? — disse o garoto. — Peguem ele.

Os outros três cercaram a lixeira. Um tentou agarrar o tornozelo de Caw. Outro começou a sacudir a lixeira. Caw tentou se equilibrar. Estavam todos rindo.

Caw viu o cano de uma calha 3 metros à esquerda e pulou. Mas, quando seus dedos agarraram o metal, o cano se soltou da parede com uma explosão de poeira. Ele caiu e bateu no asfalto de lado, sentindo o ar sumir dos pulmões. Quatro rostos sorridentes se aproximaram.

— Segurem esse aí no chão! — disse o líder.

— Por favor... não...

Caw lutou, mas os garotos se sentaram nas pernas dele e puxaram os braços, deixando-os afastados. O sujeito que segurava a faca assomou sobre ele.

– Qual vai ser, garotos? – Ele apontou a ponta da faca para cada mão de Caw. – Esquerda ou direita?

Caw não conseguia ver seus corvos. O medo latejava nas veias.

O garoto se agachou e apoiou o joelho no peito de Caw.

– Uni duni tê...

A ponta da faca dançava de um lado para o outro.

*Cuidado, Caw!*, gritou Penoso.

Todos olharam para o alto ao ouvirem o grito agudo do corvo. A mão de alguém veio de cima e segurou o garoto da faca pela parte de trás da gola. Ele deu um grito quando foi afastado de Caw.

Houve um estalo, pele contra pele, e a faca caiu no chão.

*De onde ele veio?*, perguntou Grasnido.

Caw se sentou. Um homem alto e magro estava segurando o garoto com piercings no lábio pela nuca. Cabelo castanho encaracolado saía por baixo do gorro manchado do homem. Ele usava várias camadas de roupas sujas, inclusive um sobretudo velho e marrom amarrado na cintura com um cinto de corda azul esfiapada. Uma barba densa cobria o maxilar de forma irregular. Caw supôs que tinha 20 e poucos anos e era sem-teto.

– Deixem ele em paz – disse o homem, com voz rouca. Na escuridão parcial, sua boca era um buraco negro.

– O que você tem com isso? – perguntou o garoto que segurava o braço esquerdo de Caw.

O homem empurrou o garoto com os piercings labiais com força contra a lixeira.

– Esse cara é maluco! – disse o garoto que segurava as pernas de Caw. – Vamos.

O líder pegou a faca e brandiu para o sem-teto.

– Sorte sua ser tão sujo – rosnou ele. – Não quero sujar minha faca. Vamos, pessoal.

Os quatro agressores se viraram e fugiram correndo do beco.

Caw cambaleou e ficou de pé, respirando com força. Ao olhar para cima, viu seus corvos empoleirados no corrimão da escada de incêndio, observando em silêncio.

Depois que a gangue dobrou a esquina, outra forma menor saiu da escuridão do beco e ficou perto do homem. Era um garoto de uns 7 ou 8 anos, calculou Caw. O rosto estreito estava pálido, e o espetado cabelo louro, sujo.

– É, e não voltem! – gritou ele, balançando o punho.

Caw partiu para cima das batatas espalhadas no chão. Começou a recolocá-las na caixa. Não havia necessidade de desperdiçar uma boa refeição. O tempo todo sentiu o olhar de seu salvador e do garoto atrás dele.

Quando terminou, ele enfiou a caixa no bolso do casaco e correu para a escada de incêndio.

– Espere – disse o sem-teto. – Quem é você?

Caw se virou para ele, mas manteve os olhos no chão.

– Não sou ninguém.

O homem riu com deboche.

– É mesmo? Então onde estão seus pais, Ninguém?

Caw balançou a cabeça. Não sabia o que dizer.

– Você devia tomar cuidado – disse o homem.

– Sei cuidar de mim mesmo.

– Não é o que pareceu – disse o garoto, inclinando o queixo para cima.

Caw ouviu as garras dos corvos se mexendo no corrimão acima, e os olhos do homem se viraram para eles e se estreitaram. Seus lábios esboçaram um sorriso.

– Amigos seus? – perguntou ele.

*Hora de ir para casa*, disse Penoso.

Caw começou a subir a escada de aço sem olhar para trás. Subia rapidamente, colocando uma das mãos e depois a outra, com os pés ágeis sem emitir som na escada. Quando chegou ao telhado, ele deu uma última olhada e viu o homem observando-o enquanto o garotinho revirava o lixo.

– Tem uma coisa ruim chegando – gritou o homem. – Uma coisa muito ruim. Se você se meter em confusão, fale com os pombos.

Falar com os pombos? Caw só falava com corvos.

*Pombos!*, disse Grasnido, como se tivesse ouvido o pensamento de Caw. *Dá para entender melhor uma pedra!*

*Deve ser meio maluco*, disse Penoso. *Muitos humanos são.*

Caw subiu no telhado e começou a correr. Mas, enquanto corria, não conseguia afastar as palavras de despedida do homem. Ele não pareceu nada maluco. O rosto era intenso, os olhos, límpidos. Não como os bêbados velhos que cambaleavam pelas ruas ou se agachavam nas portas pedindo dinheiro.

E, mais do que isso, ele tinha ajudado Caw. Colocara-se em risco sem motivo nenhum.

Os corvos de Caw voaram acima, girando ao redor de prédios e circulando de volta enquanto seguiam para a segurança do ninho. De casa.

O coração dele começou a bater mais devagar, conforme a noite foi recebendo-o em seu abraço escuro.

# Capítulo 2

**É** o mesmo sonho. O mesmo de sempre.

Ele está de volta à velha casa. A cama é tão macia que era como se estivesse deitado em uma nuvem. Está quente também, e ele tem vontade de se virar, puxar o edredom até o queixo e adormecer de novo. Mas jamais consegue. Porque o sonho não é só um sonho. É uma lembrança.

Passos apressados na escada fora do quarto. Estão vindo atrás dele.

Ele tira as pernas da cama, e os dedos dos pés afundam no tapete grosso. O quarto está nas sombras, mas ele consegue distinguir os brinquedos enfileirados em cima de uma cômoda e uma prateleira com pilhas de livros ilustrados.

Uma fresta de luz aparece debaixo da porta, e ele ouve as vozes dos pais, urgentes e baixas.

A maçaneta vira, e eles entram. A mãe usa um vestido preto, e as bochechas estão prateadas de lágrimas. O pai veste uma calça de veludo marrom e uma camisa aberta no pescoço. A testa está suada.

– Por favor, não... – diz Caw.

A mãe segura a mão dele com palmas suadas e o puxa para a janela.

*Caw faz força para voltar, mas é pequeno no sonho, e ela é forte demais para ele.*

*– Não lute – diz ela. – Por favor. É para o seu bem. Eu juro. Caw chuta sua canela e a arranha, mas ela o aperta num abraço de ferro e o carrega até o parapeito da janela. Apavorado, Caw enfia os dentes no antebraço dela. Ela não o solta, mesmo quando os dentes rompem sua pele. O pai abre as cortinas, e por um segundo Caw vê o próprio rosto no brilho escuro da janela, inchado, arregalado, assustado.*

*A janela é aberta e o ar frio da noite entra.*

*Agora, o pai também o segura; cada um com um braço e uma perna. Caw esperneia e se contorce enquanto grita.*

*– Shh! Shh! – diz a mãe. – Está tudo bem.*

*O fim do pesadelo está chegando, mas saber disso não o torna menos terrível. Eles o empurram e puxam sobre o parapeito; suas pernas ficam penduradas, e ele vê o chão bem abaixo. O maxilar do pai está firme, brutal. Ele não olha nos olhos de Caw. Mas o menino consegue ver que ele também está chorando.*

*– Anda! – diz o pai, soltando-o. – Anda logo!*

*Por quê? Caw quer gritar. Mas o que sai é só um choro de criança.*

*– Sinto muito – diz a mãe.*

*É nessa hora que ela o empurra pela janela.*

*Por uma fração de segundo, o estômago dele despenca. Mas os corvos o pegam.*

*Eles cobrem seus braços e pernas, com as garras afundando na pele e no pijama. São uma nuvem preta que aparece do nada e o carrega para cima.*

*Seu rosto fica cheio de penas e do seu cheiro de terra.*

*Ele está flutuando, cada vez mais alto, carregado sob olhos pretos e pernas frágeis e asas em movimento. Entrega o corpo aos pássaros e ao ritmo do voo, se prepara para acordar...*

*Mas, esta noite, ele não acorda.*

*Os corvos descem e o colocam delicadamente na calçada que leva até a casa dele por um caminho claro entre árvores altas. Ele vê os pais na janela, agora fechada. Estão abraçando um ao outro.*

*Como eles puderam?*

*Ainda assim, ele não acorda.*

*Então Caw vê uma pessoa, uma* coisa, *materializando-se na escuridão na frente do jardim, dando passos lentos e deliberados até a porta da casa. É alta, quase do tamanho da porta, e muito magra, com membros finos longos demais para o corpo.*

*O sonho jamais continuou assim. Isso não faz mais parte de sua lembrança; de alguma forma, Caw sabe disso, bem no fundo do coração.*

*Por algum truque, ele consegue ver o rosto da coisa bem de perto. É um homem, mas de um tipo que ele nunca viu. Ele quer afastar o olhar, mas seus olhos são atraídos para as feições pálidas, que ficam ainda mais pálidas pelo negrume do cabelo do homem, espetado sobre a testa e um olho. Ele seria bonito se não fossem os olhos. São completamente pretos, só íris, nenhuma parte branca.*

*Caw não faz ideia de quem é o homem, mas sabe que é mais do que mau. O corpo magro atrai a escuridão. Ele foi até ali causar destruição. Demoníaco. A palavra vem espontaneamente. Caw quer gritar, mas está sem voz de tanto medo.*

*Está desesperado para acordar, mas não acorda.*

*Os lábios do visitante se retorcem em um sorriso quando ele levanta a mão, e os dedos parecem pernas de aranha se inclinando. Caw vê que ele está usando um grande anel de ouro quando os dedos envolvem a aldrava como as pétalas de uma flor se fechando. E agora o anel é a única coisa que ele vê, e a imagem gravada na superfície oval. Uma aranha entalhada em linhas fortes, com oito pernas esticadas. O corpo é uma única linha sinuosa, com uma pequena curva para a cabeça e uma maior para o corpo. Nas costas, há uma forma que parece a letra M.*

*O estranho bate apenas uma vez e vira a cabeça. Olha diretamente para Caw. Por um momento, os corvos somem, e não há nada mais no mundo além de Caw e do estranho. A voz do homem sussurra baixinho, e os lábios quase não se movem.*

*— Vou pegar você.*

Caw acordou gritando.

O suor secava em sua testa, e os braços estavam arrepiados. Ele conseguia ver a respiração, mesmo debaixo da lona esticada entre os galhos acima. Ao se sentar, a árvore estalou e o ninho balançou de leve. Uma aranha saiu correndo para longe da mão dele.

Coincidência. Só coincidência.

*O que foi?*, perguntou Grasnido, voando da beirada do ninho para pousar ao lado dele.

Caw fechou os olhos, e a imagem do anel de aranha queimou atrás de suas pálpebras.

— Só o sonho — disse ele. — O de sempre. Volte a dormir.

Só que aquela noite *não* o de sempre. O estranho, o homem na porta, isso não tinha acontecido de verdade. Tinha?

*Nós estávamos tentando dormir*, disse Penoso. *Mas você nos acordou se remexendo como uma minhoca meio-comida. Até o pobre do velho Alvo acordou.*

Caw podia ouvir o movimento rabugento das penas de Penoso.

– Desculpe – disse.

Ele se deitou, mas o sono não vinha, não com o sonho ecoando por sua mente. Depois de anos do mesmo pesadelo, por que aquela noite fora diferente?

Caw tirou o cobertor de cima do corpo e deixou os olhos se ajustarem à escuridão. O ninho era uma plataforma no alto de uma árvore, com 3 metros de largura, feita de restos de madeira e galhos entrelaçados. No chão havia um alçapão construído com uma folha de plástico corrugado semitransparente. Mais galhos se entrelaçavam ao redor da beirada do ninho, com pedaços de tábuas que ele pegou em uma construção, fazendo a forma de uma tigela com lados inclinados de 1 metro de altura. Seus poucos pertences estavam em uma mala velha que ele encontrou nas margens do Blackwater vários meses antes. Uma cortina velha poderia ser pregada no meio do ninho se ele quisesse privacidade, embora Penoso nunca parecesse entender o recado. Na extremidade, um buraco no teto de lona oferecia entrada e saída para os corvos.

Era frio lá em cima, principalmente no inverno, mas era seco.

Quando os corvos o levaram pela primeira vez para o velho parque oito anos antes, eles se acomodaram em uma casa da árvore abandonada em um galho mais abaixo. Mas, assim que teve idade para subir, Caw construiu seu ninho ali, escondido do mundo. Tinha orgulho do ninho. Era seu lar.

Caw soltou a ponta da lona e puxou para o lado. Uma gota de chuva caiu na sua nuca, e ele tremeu.

A lua acima do parque brilhava quase cheia, em um céu sem nuvens. Alvo estava empoleirado no galho do lado de fora, imóvel, com as penas brancas prateadas ao luar. A cabeça girou, e um olho pálido e sem visão pareceu observá-lo.

*Para que dormir?*, resmungou Penoso, balançando o bico em reprovação.

Grasnido pulou no braço de Caw e piscou duas vezes.

*Não dê bola para Penoso*, disse ele. *Os coroas como ele precisam do sono de beleza.*

Penoso deu um crocito agudo.

*Fique de bico calado, Grasnido.*

Caw inspirou os odores da cidade. Fumaça de cano de descarga. Mofo. Alguma coisa morrendo em uma sarjeta. Tinha chovido, mas nenhuma quantidade de chuva poderia limpar o cheiro de Blackstone.

Seu estômago roncou, mas ele estava feliz em sentir fome. Ela aguçava os sentidos, afastava o terror para as sombras da mente. Ele precisava de ar. Precisava esvaziar a cabeça.

— Vou procurar alguma coisa para comer.

*Agora?*, disse Penoso. *Você comeu ontem.*

Caw viu a embalagem de batatas no canto do ninho, junto ao resto do lixo que os corvos gostavam de acumular. Coisas que brilhavam. Tampas de garrafa, latas, anéis de latas, alumínio. Os restos do jantar de Penoso também estavam espalhados: alguns ossos de rato, já limpos. Um pequeno crânio quebrado.

*Eu também poderia comer*, disse Grasnido, esticando as asas.

*Como eu sempre digo*, falou Penoso, balançando o bico. *Voraz.*

– Não se preocupem – pediu Caw. – Volto logo.

Ele abriu o alçapão, desceu da plataforma para os galhos mais próximos e seguiu pelos apoios que poderia encontrar de olhos fechados. Ao cair no chão, três formas, duas pretas e uma branca, desceram na grama.

Caw sentiu uma pontada de irritação.

– Não preciso que vocês venham comigo – avisou ele pelo que parecia a milésima vez. *Não sou mais um garotinho*, ele quase acrescentou, mas sabia que isso o faria parecer ainda mais com um.

*Sei, sei*, disse Penoso.

Caw deu de ombros.

Os portões do parque não eram abertos havia anos, e o lugar estava vazio, como sempre. Silencioso também, exceto pelo sussurro do vento nas folhas. Mesmo assim, Caw ficou nas sombras. A sola do sapato esquerdo se abriu. Ele precisaria roubar um par novo em breve.

Ele passou pelo trepa-trepa enferrujado onde crianças nunca brincavam, atravessou os canteiros de flores que abriram espaço tempos antes para ervas daninhas. No lago, a superfície era uma espessa camada de sujeira. Grasnido jurava ter visto um peixe ali um mês antes, mas Penoso dizia que ele estava inventando. A prisão de Blackstone podia ser vista depois dos muros do parque à esquerda, com as quatro torres perfurando o céu. Em algumas noites, Caw ouvia sons vindos de lá, abafados pelas paredes grossas e sem janelas.

Quando ele parou perto do coreto vazio, coberto de pichação, Grasnido pousou no degrau, com as garras batendo no concreto.

*Tem alguma coisa errada, não tem?*, perguntou ele.

Caw revirou os olhos.

— Você não desiste, não é?

Grasnido inclinou a cabeça.

— Meu sonho — admitiu Caw. — Não foi exatamente igual. Não entendo.

O pesadelo abriu caminho em sua mente mais uma vez. O homem com os olhos pretos. A sombra caindo no chão como um pedaço de meia-noite. A mão se esticando, e o anel de aranha...

*Seus pais pertencem ao passado*, disse Grasnido. *Esqueça-os.*

Caw assentiu e sentiu a dor familiar no peito. Cada vez que pensava neles, a dor era como um hematoma recém-tocado. Ele jamais esqueceria. A cada noite, ele revivia tudo. O ar vazio debaixo dos pés balançando; o estalo e as batidas das asas dos corvos acima.

Desde então, muitos corvos chegaram e partiram. Bicudo. Depenado. Dover, o perneta. Mancha, com paladar para café. Só um corvo ficou ao lado dele desde aquele dia, oito anos antes, o mudo e cego Alvo, de penas brancas. Penoso era colega de ninho havia cinco anos, e Grasnido, três. Um sem nada de útil para dizer, outro sem nada de alegre para dizer e o último sem nada para dizer e ponto.

Caw escalou os portões de ferro forjado, se segurou nas curvas do B de *Parque Blackstone* e subiu no muro. Equilibrou-se com facilidade, as mãos enfiadas casualmente nos bolsos enquanto caminhava no topo. Para Caw, era quase tão fácil quanto andar na rua. Ele conseguia ver Alvo e Penoso circulando bem mais acima.

*Achei que fôssemos pegar comida*, disse Grasnido.

— Daqui a pouco — disse Caw.

Ele parou em frente à prisão. Uma faia antiga chegava até o muro, e ele se escondeu entre as folhas densas.

*Não aqui de novo!*, resmungou Penoso, fazendo um galho tremer ao pousar.

— Sei, sei... — debochou Caw.

Ele olhou para o casarão do outro lado da rua, construído na sombra do presídio.

Caw ia lá com frequência para olhar a casa. Não conseguia explicar por quê. Talvez fosse para ver uma família normal fazendo coisas normais. Ele gostava de vê-los jantando juntos ou brincando de jogos de tabuleiro ou sentados em frente à TV.

Os corvos nunca entenderam.

Uma sombra no jardim o levou de repente para o pesadelo. O sorriso cruel do estranho. A mão de aranha. O anel esquisito. Caw se concentrou atentamente na casa para tentar afastar as imagens apavorantes.

Ele não sabia direito que horas eram, mas as janelas estavam escuras; as cortinas, fechadas. Caw raramente via a mãe, mas sabia que o pai trabalhava na prisão. Caw o tinha visto saindo pelos portões e voltando para casa. Ele sempre usava terno, então Caw achava que era mais do que apenas um guarda. O carro preto estava parado em frente à casa como um animal adormecido. A garota de cabelo ruivo estaria na cama, com o cachorrinho deitado aos pés. Tinha mais ou menos a idade dele, Caw supunha.

*AWOOOOOOOOO!*

Um som lamurioso cortou a noite e fez Caw erguer a cabeça. Ele se agachou no muro e agarrou a pedra enquanto a sirene soava e sumia, um volume chocante no silêncio enluarado.

Nas quatro torres da prisão, holofotes se acenderam, lançando arcos de luz branca nos muros e na rua do lado de fora. Caw se encolheu, protegendo-se debaixo de galhos, longe do brilho.

*Vamos cair fora*, disse Grasnido, mexendo as penas com nervosismo. *Humanos vão chegar aqui logo.*

– Esperem – disse Caw, levantando a mão.

Uma luz piscou no aposento de cima, onde os pais da garota dormiam.

*Pela primeira vez, concordo com Grasnido*, disse Penoso.

– Ainda não.

Mais luzes se acenderam por trás das cortinas fechadas, e um minuto ou dois depois, a porta da frente se abriu. Caw acreditou que a escuridão o protegeria. Ele observou o pai da garota sair. Ele era um homem magro, mas com aparência de durão, o cabelo claro rareando um pouco na frente. Ajeitava uma gravata, falando em um telefone apoiado no ombro,

*É o que passeia com aquele cachorro horrível!*, disse Penoso, sibilando com nojo. Caw prestou atenção para ouvir a voz do homem acima da sirene.

– Estarei aí em três minutos – gritou o homem. – Quero confinamento completo, um cronograma e um mapa dos esgotos. – Uma pausa. – Não ligo para quem é culpado. Me encontre na frente, com todo mundo que puder. – Outra pausa. – Sim, é *claro* que você deve chamar a comissária de polícia! Ela precisa saber sobre isso, e logo. Faça isso agora!

Ele desligou o telefone e saiu andando rapidamente na direção da prisão.

– O que está acontecendo? – murmurou Caw.

*Quem se importa?*, disse Grasnido. *Coisas de humanos. Vamos.*

Enquanto Caw observava, a garota apareceu na porta da casa com o cachorro logo atrás. Estava usando um roupão

26

verde. O rosto era delicado, quase um triângulo invertido perfeito, com olhos separados e um queixo pontudo e pequeno. O cabelo ruivo, da mesma cor do da mãe, caía solto e bagunçado sobre os ombros.

— Pai? — disse ela.

— Fique dentro de casa, Lydia — respondeu o homem, sem nem olhar para trás.

Caw agarrou o muro com mais força.

O pai saiu correndo pela calçada.

*A aranha anda por aí*, disse uma voz perto da orelha de Caw.

Caw se encolheu. Ergueu o rosto e viu Alvo empoleirado em um galho. Penoso virou a cabeça.

*Você... falou alguma coisa?*, disse ele.

Alvo piscou, e Caw olhou para a cobertura pálida sobre os olhos do corvo velho.

— Alvo?

*A aranha anda por aí*, disse o corvo branco de novo. A voz dele era como o sopro de vento em folhas secas. *E não passamos de presas na teia dela.*

*Eu falei que o velhote bola de neve está maluco*, riu Grasnido.

A garganta de Caw ficou seca.

— O que você quer dizer com *a aranha*? — perguntou ele.

Alvo o encarava. Lydia ainda estava na porta, observando.

— Que aranha, Alvo? — perguntou Caw de novo.

Mas o corvo branco ficou em silêncio.

Alguma coisa estava acontecendo. Alguma coisa grande. E, fosse lá o que fosse, Caw não ia perder.

— Venham — disse ele depois de um tempo. — Vamos seguir aquele homem.

# Capítulo 3

Caw seguiu pé ante pé por cima do muro do parque, acompanhando o ritmo do pai de Lydia.

*Isso é ridículo*, disse Penoso. *Você vai nos meter em confusão de novo, como na noite de ontem.*

Caw o ignorou. Eles chegaram ao fim do muro, e o homem dobrou à direita na direção dos portões da prisão. Por um momento, Caw entrou em pânico. Não podia seguir sem ser visto. Mas então lembrou.

– Me encontrem no telhado – disse ele para os corvos, e desceu, correndo pela rua escura e deserta.

Do outro lado havia um prédio abandonado, meio demolido, sem uma parede e com a parte de dentro exposta ao clima. Caw conseguia ver as carcaças de velhas máquinas lá dentro. Fosse lá o que produziam, os dias de utilidade eram lembranças há muito esquecidas.

Caw subiu pelos destroços até o primeiro andar, tomando o cuidado de não fazer barulho. Desviou de caixas empilhadas com livros velhos, com capas quase todas podres. Subiu dois lances de escada na direção de um alçapão que levava a um telhado de metal corrugado. Em seguida, foi até o ponto mais alto, onde Penoso, Grasnido e Alvo já estavam empoleirados, na hora em que o pai de Lydia chegou aos portões da prisão, do lado oposto da rua.

Doze homens e mulheres com uniforme de guardas penitenciários estavam reunidos em grupos, iluminados pelos holofotes, com aparência nervosa e empolgada. Cães puxavam as coleiras, farejando o ar.

A sirene alta parou de repente, e as vibrações foram sumindo.

— Onde está a planta dos esgotos? — perguntou o pai de Lydia. A voz chegou claramente até Caw.

Um dos homens abriu uma folha grande de papel no capô de um carro parado na calçada.

O coração de Caw acelerou. Estava certo de pensar que o pai de Lydia não era apenas um guarda. Ele estava dando ordens aos outros como se fosse o responsável por toda a prisão!

— Certo, a polícia vai chegar em cinco minutos, mas não podemos nos dar ao luxo de esperar. O tempo está passando. Façam duplas. Um cachorro por dupla. Espalhem-se pelas ruas das redondezas. Verifiquem todas as tampas de bueiro. Se vocês os virem, avisem. Não tentem capturá-los, vocês sabem com quem estamos lidando. E tomem cuidado!

Os guardas começaram a dispersar enquanto o pai de Lydia olhava o mapa. Em poucos momentos, ele estava sozinho.

*Podemos ir para casa agora, por favor?*, perguntou Penoso, eriçando as penas. *Está gelado!*

*Ei, aqui!*, chamou Grasnido.

Caw se virou; o mais novo dos corvos estava empoleirado na outra ponta do telhado. Um som leve de arrastar vinha lá de baixo.

*Tem alguma coisa acontecendo aqui embaixo*, disse Grasnido.

Caw olhou para o pai de Lydia. Este tinha erguido a cabeça, como se também tivesse ouvido. Dobrou o mapa rapidamente e saiu andando pela rua.

Caw correu pelo telhado para se juntar a Grasnido e olhou para a viela que corria entre o prédio e um armazém abandonado.

Estava vazia, exceto por alguns papéis espalhados e compartimentos de lixo. Uma ponta se abria em um labirinto de passagens entre mais prédios abandonados. A outra, supôs Caw, acabava dando na rua principal perto da prisão.

Com mais um som de arrastar, o bueiro diretamente abaixo de Caw girou. Um lado se abriu, depois a placa toda foi erguida e jogada de lado, como se não pesasse nada, girou como uma moeda e caiu reta. Caw se encolheu e espiou por cima do parapeito do telhado. Uma coisa pequena esgueirou-se para fora do poço escuro no chão. Um inseto, talvez uma aranha. E então duas mãos surgiram. Mãos grandes e carnudas. Uma pessoa enorme saiu. Caw viu uma cabeça careca, um domo brilhante de pele esticada sobre o crânio. O homem usava camisa e calça laranjas.

De repente, fez sentido. Os guardas em pânico. Os grupos de busca.

– Um fugitivo – sussurrou Caw. – É ele que estão procurando!

*Consigo ver isso*, disse Penoso.

O prisioneiro inclinou a cabeça para trás, e Caw sentiu o pavor travar sua garganta. Havia alguma coisa errada com a boca do homem. Era grande demais, como se as bochechas estivessem abertas em um sorriso medonho. Depois de um instante, Caw percebeu que era uma tatuagem. Um sorriso permanente.

*É um observador,* murmurou Grasnido.

O prisioneiro começou a tirar a camisa rasgando e gritou para o buraco em voz abafada:

– Limpo!

Em seguida, o homem jogou os pedaços da camisa da prisão de lado e se virou.

Quando Caw viu o peito nu do homem, sentiu os ossos virando gelo. Uma nova onda de terror tomou conta dele, mais profunda do que qualquer coisa que tivesse sentido fora dos pesadelos. Medo puro, direto das profundezas mais escuras de sua mente, imune à lógica e impossível de ignorar. Espremeu cada terminação nervosa e transformou seu estômago em água.

No peito enorme do homem havia uma tatuagem que se agitava conforme os músculos se moviam, quase como se estivesse viva. Oito pernas esticadas.

*Uma aranha.*

E não qualquer aranha. O corpo era uma linha sinuosa, e em seu interior havia destacado a forma cheia de pontas de um M.

Caw agarrou o parapeito, a boca seca como poeira.

Era a aranha do sonho.

Ao lado dele, Alvo eriçou as penas.

O prisioneiro tatuado se inclinou no bueiro, pegou um pulso magro e puxou uma segunda pessoa para fora, uma jovem. O cabelo preto da garota caía até a cintura e refletia a luz dos postes como as asas de um corvo. Quando se empertigou, ficou mais alta que o homem. As mangas do uniforme da prisão estavam cobertas de água suja do esgoto, e ela começou a enrolá-las com cuidado. Os braços eram esguios e musculosos, como se ela pudesse segurar uma pessoa e apertá-la até tirar-lhe a vida.

Em seguida, surgiu uma terceira pessoa. Ele subiu para a viela e ficou de pé enquanto esfregava as roupas. Tinha menos da metade do tamanho dos outros e era corcunda. Parecia velho, mas se movia como um homem mais jovem, virando os pés para um lado e para o outro. Seus olhos apontavam para todas as direções.

— Finalmente, o cheiro da cidade! — disse o homem mais baixo. — Como senti falta do delicioso fedor de podridão.

O homem grande estalou os dedos.

— Hora de voltar ao trabalho — disse ele.

— Não devemos nos atrasar — murmurou a mulher. A voz era suave e sibilante. — Não vai demorar para descobrirem aonde o túnel vai dar.

— Parados!

Os três prisioneiros se viraram para o outro lado da viela. Havia um homem segurando uma arma, com o cano brilhando.

*Ah, droga*, disse Penoso.

Era o homem da casa. Mas os prisioneiros não pareceram com medo. Na verdade, o grandão deu um passo à frente.

— Diretor Strickham — disse ele. — Que *boa* surpresa.

*Temos que ir*, disse Penoso. *Isso não tem nada a ver conosco. É...*

— Coisa de humanos? — sussurrou Caw. — Eu sei. Mas, caso você não tenha notado, eu sou humano, Penoso.

Mas não era por isso que ele permaneceu. Ele não queria falar em voz alta, mas precisava saber sobre aquela tatuagem. Tinha que descobrir o que significava.

– Você vai voltar para a prisão, Mandíbula – disse o Sr. Strickham.

O grandalhão, Mandíbula, sorriu de verdade. O gesto distorceu seu rosto, fazendo com que parecesse ainda mais assustador, como um cachorro faminto.

– O que vocês acham, amigos? Devemos voltar rastejando para as celas?

O homem baixo deu uma risada abafada, e a mulher passou a língua por cima dos lábios.

– Eu digo que recusamos a oferta gentil – disse ela. – Ele me parece meio *assustado*.

O Sr. Strickham colocou a outra mão na base da arma para firmá-la.

– Acho que não – refutou ele. – Sou eu quem tem balas. E um grupo de policiais a caminho. – Ele olhou para trás.

De repente, Caw ficou nervoso.

– Deixem isso comigo – ordenou Mandíbula. – Alcanço vocês quando tiver terminado com ele.

Os outros assentiram e sumiram na viela, o homem baixo arrastando os pés, a companheira alta quase deslizando.

– Ei! – gritou o diretor. – Mais um passo e eu atiro!

Houve um brilho e um estalo ensurdecedor quando a pistola do Sr. Strickham disparou. Um tiro de aviso, mas os prisioneiros o ignoraram. A mulher pegou uma entrada, e o homem baixo, outra. No momento seguinte, eles sumiram.

– Somos só nós agora – disse Mandíbula, seguindo lentamente na direção do Sr. Strickham.

– Não estou gostando disso – comentou Caw. – A gente devia ajudar.

Em um piscar de olhos, Mandíbula pulou, e sua mão, que mais parecia uma pá, agarrou a arma, arrancando-a da mão do diretor. Com um grito de dor, o Sr. Strickham aninhou o braço e recuou.

Mandíbula jogou a arma para trás.

– Jamais gostei de armas – disse ele. – Matam rápido demais.

Ele esticou o braço e segurou o pescoço do Sr. Strickham, erguendo-o no ar com apenas uma das mãos. As pernas do diretor chutaram fracamente enquanto seu rosto ia ficando vermelho e depois roxo.

O estômago de Caw se revirou de medo. De onde ele estava no telhado, o caminho até o chão era muito longo. Achava que conseguiria chegar até lá com alguns pulos, mas e depois? Ele engoliu em seco e passou a perna pelo parapeito.

De repente, uma nova voz gritou:

– Deixe-o em paz!

No fim da viela, uma forma pequena surgiu das sombras. Caw prendeu a respiração. Era Lydia... a garota da casa! Ela ainda estava de pijama e roupão. Um dos cadarços dos tênis estava desamarrado. Como Caw não a viu antes?

O pai se contorceu no aperto mortal de Mandíbula, com o rosto horrivelmente contorcido. Mandíbula sorriu e o jogou de lado como uma boneca de pano. O Sr. Strickham bateu num compartimento de lixo e caiu num amontoado de sujeira.

– Lydia? – gemeu ele, conseguindo se apoiar em um joelho. – Ah, Deus. Não.

Mandíbula mirou um chute na barriga do Sr. Strickham, que desmoronou com um gemido.

– Pai! – gritou Lydia, correndo na direção dele.

Mandíbula esticou a mão na direção da garota, pegou um punhado de cabelo e a virou de frente para ele. O rosto dela se retorceu de dor.

– Me solte! – gritou ela, arranhando o braço dele.

– Agora – sussurrou Caw para os corvos. – Peguem-no!

Ele passou a outra perna por cima do parapeito, jogando-se, em queda livre, até bater no chão com força. Caiu rolando para trás, se levantou e viu que Grasnido e Penoso já tinham mergulhado e atacavam a cabeça de Mandíbula. *cuá-cuá-cuá*, eles gritavam.

Mandíbula largou Lydia e golpeou os corvos com os enormes braços.

– Tirem-nos de mim! – gritou ele.

O prisioneiro deu um soco no ar enquanto os corvos arranhavam o rosto dele com as garras. Um punho acertou Grasnido e o jogou contra a parede. Ele deslizou até o chão, mas saiu voando na hora em que o pé de Mandíbula bateu com força onde ele estava. Penoso guinchou e bicou os olhos do prisioneiro. Mandíbula cambaleou, e a tatuagem de aranha tremeu enquanto ele lutava contra o ataque. Grasnido se lançou bravamente na briga de novo.

Caw correu até o Sr. Strickham, e ele e Lydia o ajudaram a ficar de pé. Ao mesmo tempo, Caw percebeu que a garota estava olhando para ele boquiaberta.

Confuso, o Sr. Strickham franziu a testa e viu os corvos voando ao redor de Mandíbula em uma mancha de penas. O gigante girava se como lutasse com sombras.

– Venham! – disse Caw, puxando o Sr. Strickham. – Corram!

Mas o Sr. Strickham cambaleou na direção oposta, e Caw viu que ele estava indo atrás da arma no chão.

– Pai! Deixa! – disse Lydia, correndo atrás dele.

Tarde demais. O Sr. Strickham chegou até a arma. Virou-se e levantou o cano na direção de Mandíbula. E dos corvos.

– Não! – gritou Caw.

Ele se jogou no braço do diretor na hora que a arma disparou com um estalo. O som ecoou por seus ouvidos, e Caw apertou bem os olhos contra a dor intensa. Quando os abriu de novo, o Sr. Strickham estava falando com ele furiosamente, mas Caw não conseguia ouvir as palavras. Ele se virou e viu que Mandíbula tinha sumido, e os corvos também.

Gradualmente, os sons voltaram a entrar pelos seus ouvidos.

– ... nos salvou, papai – dizia Lydia.

– Ele o ajudou a fugir! – disse o Sr. Strickham.

Lydia colocou a mão no braço dele.

– Aquele homem ia matar você!

O rádio no cinto do Sr. Strickham estalou, e vozes em pânico surgiram.

– *Senhor, onde você está?... Tiros disparados!... Diretor Strickham?*

O Sr. Strickham tirou o rádio do cinto.

– Viela entre Rector e a 4 – disse ele. – Eu os perdi.

As linhas duras no rosto do Sr. Strickham suavizaram. Ele olhou para Caw, e suas narinas dilataram, como se ele tivesse sentido um cheiro ruim. Lydia também estava olhando para ele, e Caw sentiu o rosto ficando quente.

– Quem é você? – perguntou o Sr. Strickham.

Caw não sabia o que dizer. Se havia polícia a caminho, ele tinha que ir embora, senão o mandariam para um orfanato. Ele procurou os corvos na linha dos telhados.

– Aqueles pássaros – disse o diretor. – O que *foi* aquilo?

Caw recuou e deixou que os pés o levassem na direção do outro extremo da viela. Sentia-se preso. Os corvos estavam certos, ele não devia ter interferido.

36

– Ei! Você não vai a lugar algum, meu jovem! – disse o Sr. Strickham. – Preciso de uma declaração.

Caw se virou e saiu correndo. Seus ouvidos captaram o som de cães latindo de novo, não muito longe. Ele ouviu outro estalo de rádio. Tinha que voltar para o ninho.

– Volte! – disse o Sr. Strickham.

– Pelo menos nos diga seu nome! – gritou a garota.

Caw chegou à rua e viu policiais correndo na direção dele. *Aqui em cima!*, chamou Grasnido.

Caw olhou para cima e notou os três corvos empoleirados em uma cerca de arame a 18 metros de distância, onde a rua dava em um beco sem saída. Uma das pernas de Grasnido estava torta, como se estivesse quebrada. *Ele está ferido,* pensou Caw. *Ele está ferido por minha causa.*

Havia uma área abandonada atrás. A velha estação de trem. Caw correu para a cerca.

Feixes de luz de lanterna iluminaram o corpo dele, e várias vozes gritaram para que parasse.

Ele pulou na cerca de metal e passou as pernas por cima para depois cair do outro lado. Quando olhou para trás, viu uma dezena de policiais o perseguindo, com três ou quatro cachorros. Lydia e o pai também estavam lá.

Caw deslizou por um barranco e sumiu.

– Espere! – gritou o diretor.

*De jeito nenhum,* pensou Caw. Ele correu e só parou quando deu a volta para chegar ao parque novamente. Espiou os dois lados da rua para ter certeza de que ninguém estava olhando e subiu no portão. Ao passar por cima, um dos sapatos com a sola se soltando caiu na rua. Não havia tempo para voltar e pegá-lo. Ele pulou para o outro lado.

37

Finalmente, o fluxo acelerado do sangue começou a acalmar. Ele estava seguro nas sombras. Em casa.

Andou lentamente até sua árvore, mancando um pouco com o pé descalço.

*Ah, mas isso foi divertido!*, disse Penoso com sarcasmo, já no ninho antes de Caw chegar.

*Você me viu?*, perguntou Grasnido. *Como peguei ele?* Ele mexia as asas, encenando sua luta. *Bicada! Arranhão! Golpe com garra!*

Caw se deitou na cama e ficou de costas, deixando o suor secar no corpo. De repente, sentiu muito cansaço mesmo.

*Eu fui bem corajoso, não fui?*, perguntou Grasnido.

– Vocês dois foram incríveis.

Alvo estava empoleirado na lateral do ninho, parecendo totalmente alheio. Não tinha participado da briga. Os olhos cegos estavam virados na direção de Caw.

– O que está acontecendo, Alvo? – perguntou Caw. – Quem eram aqueles prisioneiros?

O velho corvo branco estava silencioso e imóvel como uma estátua de mármore.

*Acho que ele não vai mais falar*, disse Penoso.

– A aranha – disse Caw. – Eu sonhei com ela. E lá estava ela, na vida real, no peito daquele prisioneiro. Você sabe o que significa, não sabe?

Alvo inclinou a cabeça e se virou.

# Capítulo 4

Caw acordou com os corvos todos berrando ao mesmo tempo. O ninho estava sendo delicadamente sacudido.

– O que está acontecendo? – perguntou ele.

*Saia!*, gritou Grasnido, batendo as asas loucamente. *Invasor!*

Adrenalina tomou conta do corpo de Caw, e ele se sentou, esticando a mão para pegar uma arma. Tinha acabado de encontrar uma colher de plástico torta quando viu uma cabeça aparecendo no alçapão.

– Uau! – disse Lydia, apoiando as mãos na madeira do ninho. – Este lugar é incrível! É bem maior do que parece lá de baixo.

Caw se encolheu em um canto e segurou a colher à frente do corpo como uma faca. Ela usava um boné de baseball, que fazia o cabelo cair reto curvando-o debaixo do queixo. À luz do dia, ele percebeu que a garota tinha um monte de sardas que ele não viu na noite anterior. Os olhos brilhavam.

– Ei! Não aponte essa coisa para mim! – disse ela.

– Como você me encontrou? – interrogou Caw. – Ninguém sabe sobre este lugar!

Lydia deu um sorriso orgulhoso.

– Sou boa em farejar coisas – disse ela. – Já vi você andando perto da nossa casa, nos observando do muro ao lado. Aí concluí que devia morar em algum lugar por aqui. E, quando estava passeando com Benjy hoje de manhã, encontrei isto no portão do parque.

Lydia colocou o sapato de Caw no chão do ninho.

– Concluí que o parque seria um lugar perfeito para ir quando não se quer ser encontrado. Aí pulei o portão e procurei até ver essa coisa estranha presa em uma árvore. Nada mau, hein?

De repente, Caw se sentiu bobo. Mas estava constrangido demais para baixar a colher.

– O que você está fazendo aqui? – perguntou ele.

Lydia sorriu.

– Eu poderia fazer a mesma pergunta. Você não tem casa? Não tem pais?

Caw deu de ombros.

– Eu moro aqui – respondeu ele. – Só eu.

– Legal! – disse ela. – Você vai me convidar para entrar?

Caw olhou para Penoso.

*Nem pense nisso*, disse o corvo, estufando o peito.

– Não – disse Caw.

– Ah, vamos! – disse ela. – Por favorzinho?

*Dá um empurrãozinho nela*, disse Grasnido. O jovem corvo pulou para a frente de forma ameaçadora, mas recuou em seguida.

– Não! – disse Caw. – Me deixe em paz!

A expressão da garota refletia tristeza.

– Tudo bem, tudo bem – disse ela. – Calma. Só me dê um segundo para recuperar o fôlego, tá? Depois eu vou.

Enquanto ela prendia uma mecha de cabelo no boné, ainda com apenas a cabeça e os ombros para dentro do ninho, o medo de Caw evaporou. Ela era só uma garota. Que mal podia fazer?

Lydia inflou as bochechas.

– Tudo bem. Vou embora – avisou ela.

– Espere! – disse Caw. Ele olhou para os corvos e suspirou. – Você pode entrar um pouquinho – balbuciou.

*Não!*, gritaram os corvos ao mesmo tempo. Caw baixou a colher.

– Ufa – disse ela, sorrindo. – Você podia ter me machucado com isso.

Apesar de tudo, Caw não conseguiu evitar um sorriso.

A garota subiu no ninho e se sentou de pernas cruzadas na plataforma. Estava usando uma calça jeans e um casaco claro com capuz, sujo de folhas e terra. Ela tirou o boné e soltou o cabelo enquanto observava Grasnido e Penoso com perplexidade. Alvo estava do lado de fora, Caw sabia. Ele nunca dormia no ninho.

– Esses pássaros são seus bichinhos de estimação? – perguntou ela.

*Não sou bicho de estimação!*, exclamou Penoso.

*E eu não sou qualquer pássaro!*, protestou Grasnido. *Sou um corvo.*

– Mais ou menos – disse Caw.

*Mais ou menos?*, disseram Penoso e Grasnido juntos. Lydia recuou um pouco. Caw percebeu que, para ela, o som parecia dois grasnados raivosos.

– Eles moram comigo – disse ele.

– Você os treinou?

Grasnido riu. *Cha-cha-cha.*

– Então como é se esconder nesse parque o tempo todo? – perguntou Lydia.

Caw sentiu uma pontada de irritação.

– Não estou me escondendo – respondeu.

– Tudo bem. Então, por que você está sempre me espionando?

Caw não conseguiu sustentar o olhar dela.

– Eu não estava.

– Mentiroso – disse ela, mas com um sorriso. – Primeiro, achei que você fosse um ladrão, mas aí pensei que ninguém seria burro o bastante para roubar o diretor da prisão de Blackstone. De qualquer modo, eu perdoo você. Aliás, sou Lydia.

Ela esticou a mão.

Caw ficou olhando.

Ela se inclinou para a frente e segurou a mão dele, encaixando-a na dela, depois balançou para cima e para baixo.

– E você é?

– Eu sou... Caw – respondeu ele.

Lydia sorriu.

– Que tipo de nome é esse?

Caw deu de ombros.

– É como me chamo.

– Já que você diz. – Lydia olhou ao redor, pelo ninho. – Você construiu este lugar?

Caw assentiu. Não conseguiu evitar ficar corado de orgulho.

*Com alguma ajuda!*, disse Grasnido.

Lydia ergueu o olhar e espiou os corvos com atenção.

– Com alguma ajuda – acrescentou Caw.

– Você está falando com os pássaros?

*Corvos, por favor*, disse Penoso.

– Bem... – falou Caw. Ele quase mentiu, mas pensou melhor. – Sim. E eles são corvos.

– Olha, isso é muito bizarro – disse Lydia.

Penoso chiou para ela.

– Desculpa – disse ela com nervosismo.

– Não se preocupe – disse Caw. – Ele está sempre de mau humor.

*Retire isso!*, reclamou Penoso.

Lydia inclinou a cabeça.

– Eu só queria agradecer – disse ela. – Você fugiu muito rápido ontem à noite.

Caw deu de ombros.

– Eu só... estava lá por acaso. Não foi nada de mais.

– E seus corvos – disse Lydia. – Acho que tenho que agradecer a eles também. Eles foram muito corajosos. – Ela se virou para eles. – Me desculpem, *vocês* foram muito corajosos.

Penoso eriçou as penas.

*Elogios não vão te levar a lugar nenhum, garota*, disse ele.

– Ele disse que não foi nada – disse Caw.

De repente, seu estômago roncou. Ele não comia nada desde as batatas do restaurante.

Os olhos de Lydia se iluminaram.

– Você está com fome? – perguntou ela, e tirou a mochila das costas.

– Um pouco – admitiu Caw.

Ela remexeu lá dentro e pegou uma barra de chocolate com embalagem azul.

– Aqui está – disse ela, oferecendo para ele.

Caw o pegou da mão dela como se fosse uma coisa preciosa e retirou a embalagem com cuidado. Não conseguia se lembrar da última vez que tinha comido chocolate.

*Cuidado*, disse Penoso. *Pode estar envenenado.*

Caw revirou os olhos e deu uma mordida generosa. Os dentes afundaram no chocolate grosso, que derreteu na língua. A barra acabou em poucos segundos, e um sabor doce cobria o interior da boca do garoto.

— Um *pouco* de fome? — perguntou Lydia, ainda sorrindo. — Tome.

Ela entregou uma maçã para ele. Caw tentou comer mais devagar, em mordidas metódicas. A carne da fruta explodiu em sumos na boca e escorreu por seu queixo.

*Guarde um pouco para nós!*, disse Grasnido.

Caw jogou o caroço para os dois corvos, que atacaram com os bicos. Não se preocupou em guardar para Alvo. O corvo branco raramente comia.

— O magrelo parece machucado — disse Lydia, apontando para a perna torta de Grasnido.

*Quem ela está chamando de magrelo?*, perguntou Grasnido.

— Venha aqui, corvinho — disse Lydia com voz doce. — Me deixe dar uma olhada.

*É melhor ela não estar falando comigo*, disse Granido, erguendo o bico com orgulho. *Não sou pequeno.*

Penoso deu uma risada rouca.

— Ele só está um pouco nervoso — disse Caw.

Lydia se inclinou na direção de Grasnido.

— Posso fazer uma tala — disse ela. — Você tem bastante lixo aqui que eu poderia usar. E sou boa com animais.

Grasnido pulou para longe dela.

– Deixe que ela tente – disse Caw. – Pode ser que consiga ajudar.

– Tenho mais uma maçã – disse Lydia, tirando-a da mochila e entregando para ele. – Tome.

Caw comia, observando Lydia fazer uma tala com galhos e um pedaço de barbante. Grasnido esticou a perna com cautela, e ela amarrou a tala no lugar. Ele reparou que Alvo tinha entrado no ninho pela pequena abertura na extremidade da lona. Caw achava que Lydia nem sabia que ele estava ali. Mas o corvo cego parecia estar observando-os com os olhos sem visão.

– Pronto! – disse ela, batendo as mãos. – Não está quebrada, mas é bom ele descansar.

Grasnido olhou para a tala.

*Até que não está ruim!*, disse ele.

– Ele diz "obrigado" – disse Caw.

Ele quase sorriu de novo, mas se controlou. O que ele estava fazendo, baixando a guarda, recebendo essa garota em seu lugar mais secreto? E se ela contasse para a família? E se ela contasse para todo mundo? Ele limpou a garganta.

– Olha, obrigado pela comida, mas...

– Isso são livros? – disse ela, engatinhando pelo ninho.

No canto, embaixo do suéter surrado de Caw, havia sua mais recente coleção.

– São – disse Caw. – Mas...

Lydia pegou um.

– São livros ilustrados! – disse ela, sorrindo.

Caw queria muito que ela fosse embora agora, mas não conseguia pensar nas palavras certas.

– Por que você está lendo livros ilustrados? – perguntou ela. – São para criancinhas.

Caw sentiu que ficou mais vermelho.

E a expressão de Lydia mudou para uma de consternação profunda.

– Espere... me desculpe. Você já aprendeu a ler?

Caw baixou o olhar e conseguiu balançar a cabeça de leve.

– Ei, são livros da biblioteca – disse Lydia. – Você... os roubou?

– Não! – disse Caw, olhando com raiva. – Peguei emprestados.

– Você tem cartão da biblioteca? – perguntou Lydia, arqueando a sobrancelha.

– Não exatamente – disse Caw. – Uma mulher, uma bibliotecária, deixa os livros do lado de fora para mim.

Lydia fechou o exemplar.

– Eu poderia ensinar você a ler – disse ela.

Caw não sabia o que dizer. Por que ela estava sendo tão legal com ele?

– Quero dizer, se você quiser – acrescentou ela, sem jeito. – Talvez a gente possa ir à biblioteca juntos, escolher alguma coisa para ajudar você a aprender.

Caw estava prestes a responder quando Alvo soltou um crocito agudo. Todo mundo olhou para o corvo branco.

– Nossa, não o vi ali – disse Lydia, se mexendo, pouco à vontade. – Por que as penas dele são assim?

– Sempre foram – disse Caw, com o olhar fixo em Alvo.
– Escute, obrigado pela proposta da biblioteca, mas...

Alvo crocitou de novo.

– Parece que ele quer que você venha comigo – disse Lydia com um sorriso. Ela fez beicinho. – Mas, por outro lado, não falo passarês.

Penoso chiou.

– Aquele ali é rabugento, não é? – disse Lydia.

Caw estava observando Alvo. Por que o corvo branco estava tão agitado?

Alvo piscou. Será que ele queria mesmo que Caw fosse com a estranha garota? Foram as palavras de Alvo sobre a aranha que convenceram Caw a seguir o pai de Lydia na noite anterior. Se ele não tivesse ido, não teria visto a tatuagem. A que era igual ao desenho do anel no sonho.

– Vamos – incentivou Lydia. – Que mal uma ida à biblioteca pode fazer?

É claro! Se alguém poderia ajudá-lo a entender o que o símbolo da aranha significava, esse alguém era a bibliotecária. Ela tinha tantos livros.

– O que você diz? – perguntou Lydia.

*Má ideia*, comentou Penoso.

*Acho que ela é legal*, opinou Grasnido, levantando a perna.

Caw olhou para os dois e para Lydia. Ele nunca teve um amigo. E ela teve tanto trabalho para encontrá-lo. Alvo falou pela primeira vez nos oito anos que Caw o conhecia. Talvez fosse um bom sinal.

– Antes que você diga não, é meu jeito de agradecer por nos salvar – disse Lydia.

Caw observou o rosto dela com atenção, como se as feições pudessem trair os pensamentos. Estava mesmo pronto para confiar em outro ser humano depois de evitá-los por tanto tempo?

Talvez ainda não. Mas, se mantivesse a guarda erguida e os corvos estivessem com ele...

– Tudo bem – disse ele. – Só desta vez.

# Capítulo 5

**C**aw sempre ficava tenso quando saía durante o dia. À noite, quando revirava a cidade em busca de comida e suprimentos, a escuridão o protegia de olhares curiosos. Permitia que ele se deslocasse mais livremente pelas ruas e telhados. Mas no chão, sob o brilho esbranquiçado do sol de primavera, ele se sentia exposto. Carros congestionavam as ruas, e centenas de pessoas enchiam as calçadas e lojas. Ele dizia para si mesmo que as pessoas não estavam olhando *para* ele, mas isso nunca ajudava.

Mas, daquela vez, com Lydia ao lado, ele se sentiu quase normal. É claro que manteve um olho no céu, para ver se Grasnido e Penoso ainda estavam com eles. Alvo ficou no ninho.

Blackstone era enorme, com ruas organizadas como uma grade. Caw não conseguia ler os nomes nas placas, mas contava os quarteirões. Dessa forma, ele sempre sabia onde encontrar a rua que levava ao parque. Conforme eles se aprofundavam na cidade, os prédios foram crescendo dos dois lados, tão altos que o céu era só uma tira cinzenta. As pessoas que moravam no alto também deviam sentir que estavam em um ninho, pensou ele.

Linhas de monotrilho percorriam as ruas em viadutos ou mergulhavam em túneis subterrâneos. As estações se espalhavam por toda a cidade, cuspindo passageiros das entranhas da terra. Caw nunca se aventurou debaixo das ruas. A ideia de ficar preso o gelava até os ossos.

— Meu pai está tão estressado — dizia Lydia. — Diz que o emprego dele pode estar em risco. Os prisioneiros eram de segurança máxima, mas conseguiram quebrar o chão de uma das cabines do banheiro.

Caw deixou Lydia falar o caminho todo. Ela era boa nisso. Ele descobriu que ela era filha única, que o cachorro, Benjy, tinha medo de gatos e que a matéria preferida na escola era matemática. Ele estava ouvindo, mas, onde quer que fosse, seus olhos procuravam uma rota de fuga, de preferência pelo alto: calhas, escadas de incêndio, peitoris de janelas com espaço suficiente para os dedos. Ele se perguntou quando encontraria o momento certo para contar para Lydia que nunca tinha estado *dentro* da biblioteca.

Eles estavam se aproximando agora, um prédio enorme e antiquado com um jardim gramado, cortado por caminhos e estranhas esculturas de metal. A primeira vez que esteve ali fora apenas um ano antes. No crepúsculo, uma tempestade assolou Blackstone, e ele se abrigou da chuva debaixo das enormes colunas com caneluras que acompanhavam a fachada da biblioteca. Ele nem sabia o que havia lá dentro, mas as luzes de uma janela o deixaram tentado a olhar mais de perto. Ao apertar o nariz contra o vidro e ver as enormes estantes com milhares de livros, ele ficou hipnotizado. Os livros o lembraram de quando era criança, no quarto, nas noites em que a mãe pegava um livro ilustrado na prateleira e lia até ele adormecer.

Uma mulher de meia-idade o surpreendeu ao aparecer na porta e perguntar se ele queria entrar. Era uma cabeça mais baixa do que ele, tinha pele negra e cabelo encaracolado, grisalho em algumas partes. Era a primeira vez que um humano falava com ele em meses, e, se a chuva não estivesse caindo com tanta força, ele teria fugido. Mas acabou ficando paralisado. A mulher sorriu e disse que se chamava Srta. Wallace, e que era a bibliotecária-chefe. Ela perguntou se ele gostava de livros. Caw não falou nada, mas a mulher devia ter visto a expressão ansiosa no rosto dele.

— Espere aqui — pedira ela.

E, contra todos os seus instintos e os conselhos dos corvos, ele esperou.

Quando a senhora voltou, estava segurando uma pilha de livros coloridos e um copo de papel com uma bebida fumegante.

— Você parece estar com frio — observara ela.

Caw tomou um gole com cuidado. Chocolate quente. Ele fechou os olhos para saborear. O gosto era intenso e cremoso, e o preencheu de um jeito que a água da chuva nunca fazia. Ela o deixou escolher os livros dos quais mais gostava, os que tinham menos palavras. Talvez tivesse adivinhado que ele não sabia ler, mas não disse nada.

— Traga de volta na mesma hora semana que vem — dissera ela. — Deixe perto da saída de incêndio nos fundos do prédio se preferir não entrar.

Caw assentiu e tentou dizer "obrigado", mas estava tão nervoso que acabou só movendo os lábios.

Na semana seguinte, ele devolveu os livros e encontrou outra pilha esperando-o com outro copo de chocolate quente. Foi igual na semana seguinte, e na seguinte. Ocasionalmente, a Srta. Wallace saía e dizia oi. Só uma vez ela sugeriu que poderia ligar para alguém, "para ajudá-lo", mas Caw balançou a cabeça com tanta veemência que ela não repetiu a proposta.

— O que aconteceu com seus pais, Caw?

A pergunta de Lydia o trouxe de volta ao presente.

— Não quero me meter — acrescentou ela. — É só que a maioria das crianças sem pais vai para um orfanato.

— Não sei — disse Caw com cautela. — Não me lembro.

Ele não contaria a ela sobre os sonhos. Ela só riria.

— Mas...

Ela parou de falar. Talvez pressentisse que ele não queria falar sobre isso.

Eles pararam para atravessar a rua.

Penoso corvejou, voou para baixo e pousou no sinal de trânsito.

*Xereta essa menina*, disse ele.

A biblioteca assomou à frente. Parecia bem mais antiga do que o resto dos prédios em Blackstone. Lydia seguiu na direção da enorme porta dupla, mas Caw parou. Agora que chegara ali, ele não estava mais tão confiante. Poderia mesmo simplesmente entrar no prédio?

— O que você está esperando? — perguntou Lydia.

*Vamos ficar aqui fora*, avisou Penoso, pousando na escada. *Tome cuidado.*

Caw sabia que parecia um tolo, então se preparou e subiu a escada. Alguns pombos voaram para longe, e Caw se lembrou de repente do homem sem-teto de duas noites antes, no beco do restaurante.

Ele devia ser louco, como Grasnido disse.

No alto da escada, Caw sentiu uma pontada esquisita na nuca. Tinha a curiosa sensação de estar sendo observado, mas, quando se virou, não havia ninguém. Só a grama do jardim, balançada pelo vento, e alguns bancos vazios. Ele seguiu Lydia e atravessou a porta.

Estava quente lá dentro, e a testa de Caw ficou imediatamente coberta de suor. O silêncio o deixou repentinamente ciente do som da própria respiração, e os olhos avaliaram as profundezas do aposento. Na extremidade, fileiras de estantes como torres sustentavam milhares de livros, e havia uma sacada no alto com mais estantes. À frente, ficavam várias mesas, onde as pessoas se sentavam para ler e escrever em silêncio. À esquerda, perto da entrada, uma mesa curva alojava um computador e várias pilhas de papéis, e atrás dela estava a bibliotecária, inclinada sobre um bloco de anotações com os óculos na ponta do nariz. Ao erguer os olhos e ver Caw, seu rosto se abriu em um largo sorriso.

— Ah, olá, você! — disse ela. Seus olhos pousaram em Lydia, e ela ergueu as sobrancelhas. — E vejo que você trouxe uma amiga.

Caw assentiu.

— Sou Lydia Strickham — disse Lydia. — É um prazer conhecer você.

— Pode me chamar de Srta. Wallace — disse a bibliotecária. — O que posso fazer por vocês dois?

Caw colocou os livros sobre a mesa.

— Eu... Você pode... — murmurou ele, enquanto ficava muito vermelho. Estava com vontade de correr pela porta e sair para o ar frio da rua. — Preciso encontrar um livro — disse ele por fim.

A Srta. Wallace bateu palmas, extasiada.

— Ah, já estava na hora! — exclamou ela. — Eu nunca soube se você gostava dos que eu escolhia para você. Agora, o que está procurando?

Caw olhou ao redor da enorme sala.

– Quero saber sobre aranhas – disse ele. – Aranhas incomuns – acrescentou em seguida.

Ele conseguiu sentir Lydia franzindo a testa, mas pela primeira vez ela não disse nada.

A Srta. Wallace só sorriu.

– Siga-me.

Caw a acompanhou entre pilhas de livros, tentando não chamar a atenção de nenhum dos leitores. Ele tinha certeza de que estavam olhando para ele, com o casaco preto sujo e sapatos velhos. A bibliotecária espiou as prateleiras, diminuiu o passo e parou na metade do caminho.

– Você vai encontrar a parte de história natural aqui – disse ela, indicando uma parte de uma prateleira. – Vamos ver. – Ela olhou com mais atenção e pegou um livro. – Esta é uma enciclopédia de espécies de aranhas – disse ela, entregando para Caw. – Há alguns outros livros sobre artrópodes também. As aranhas são um tipo de artrópode, sabe? Estarei na recepção se você precisar de mais alguma coisa.

Caw se sentou no chão, feliz por estar fora de vista, e Lydia se sentou ao lado dele.

– Pensei que estivéssemos aqui para eu ensinar você a ler – murmurou ela. – Mas você está pensando no prisioneiro, não está? O cara grandão da viela com a tatuagem horrível.

Caw assentiu e abriu o livro.

– Eu a reconheci – disse ele.

– De onde?

– De um sonho que tive – disse Caw. – Um sonho com meus pais.

Lydia inclinou a cabeça.

– Pensei que você não se lembrasse de nada sobre seus pais.

Caw suspirou. Ele nem sabia o que dizer para ela. Nem sabia o que realmente *sabia*.

– Não sei explicar – disse ele. – *Parece* uma lembrança. Só que na última vez que sonhei foi diferente. Tinha um homem... um homem mau... ele usava um anel com a imagem daquela aranha.

Lydia franziu a testa, parecia confusa.

– A mesma aranha?

– Exatamente a mesma – disse Caw. – Você me ajuda a procurar?

Eles se sentaram lado a lado e olharam imagens de aranhas. Nenhuma se parecia com a que eles viram, com o corpo sinuoso, as pernas compridas e finas e o desenho de M nas costas.

Depois de meia hora, Lydia ficou de pé e se alongou.

– Não está aí – disse ela. – Vamos perguntar à Srta. Wallace se ela pode ajudar.

– Encontraram o que estavam procurando? – perguntou a bibliotecária com alegria quando eles se aproximaram da recepção.

Caw balançou a cabeça negativamente.

– Estamos procurando uma aranha em particular – disse Lydia. – Mas não aparece em nenhum dos livros.

– Humm – disse a Srta. Wallace. – Você consegue desenhar?

– Acho que consigo – disse Lydia. A Srta. Wallace entregou um pedaço de papel e um lápis. – O corpo parecia um S – murmurou Lydia enquanto desenhava.

Ela capturou a forma quase com perfeição. Só de ver de novo, Caw estremeceu.

– Não se esqueça do M no meio – disse ele.

Ele pegou o lápis e fez os ajustes necessários.

A Srta. Wallace apertou os olhos pelas lentes dos óculos.

– Vocês têm certeza de que isso é uma aranha de verdade? – perguntou ela. – Nunca vi nada igual.

– Eu só queria saber de onde vem – disse Caw. – É importante.

– Bem, temos todo tipo de especialistas e acadêmicos na biblioteca – disse a Srta. Wallace. – Me deixem fazer algumas ligações. Vocês podem voltar amanhã?

Caw assentiu.

– Obrigado – disse ele.

– De nada – respondeu ela. – Você quer levar mais livros, já que está aqui?

– Sim, por favor – pediu Lydia, antes de Caw ter a chance de responder.

Quando eles saíram da biblioteca, a bolsa de Lydia estava cheia de novos livros, e a maioria tinha bem mais palavras do que Caw estava acostumado. Mas ele não se importou. Ainda estava pensando na aranha. Se não conseguisse encontrar nada em meio a todos aqueles títulos, que esperança teria de descobrir a verdade sobre o sonho?

Eles encontraram Grasnido e Penoso pousados nos degraus lá fora, observando um homem sentado em um banco do outro lado da rua, comendo um hambúrguer.

*Esse cara não deixou cair uma única migalha*, disse Grasnido com amargura.

*Descobriram alguma coisa interessante?*, perguntou Penoso.

Caw balançou a cabeça.

– Vamos.

– Não fique deprimido – disse Lydia. – A Srta. Wallace pode descobrir alguma coisa.

Caw chutou uma pedra na calçada.

– Pode ser. Mas obrigado pela ajuda, mesmo assim.

– Eu estava pensando – começou Lydia. – Será que a aranha tem alguma coisa a ver com alguma gangue? Você sabe, um símbolo, em vez de ser uma aranha de verdade. Seus pais estavam metidos em algum tipo de encrenca?

*Melhor deixar pra lá*, disse Penoso, pousando na frente deles. *Voltar ao normal.*

– Acho que não – respondeu Caw. – Não sei.

Havia muita coisa que ele não sabia sobre eles.

Eles chegaram à extremidade do parque por volta do meio-dia.

– Escuta – pediu Lydia. – Tenho que ir agora. Mas por que você não vai jantar na minha casa hoje?

*De jeito nenhum!*, disse Grasnido.

*Péssima, péssima ideia*, acrescentou Penoso.

– Er... – disse Caw.

*Isso já foi longe demais*, interrompeu Penoso. *Primeiro, essa garota se enfia em nosso ninho, depois arrasta você por metade da cidade, e agora isso!*

– Ah, vai! – insistiu Lydia. – É o mínimo que podemos fazer depois que você nos salvou dos prisioneiros. Pense bem, uma refeição quentinha! Você parece precisar de uma.

*Não precisamos dela*, disse Grasnido, batendo as asas.

Caw reparou na tala na perna de Grasnido. O corvo não reclamou nem uma vez sobre o ferimento desde que Lydia a colocou.

– Me deixe pensar no assunto – disse Caw.

Lydia revirou os olhos.

– Tudo bem, pense no assunto. E venha às sete da noite.

Ela acenou para ele e disparou na direção de casa, fazendo uma pausa para dizer:

– Ah, e talvez você queira tomar um banho.

– Eu não tenho...

Mas ela já tinha partido.

Caw escalou o portão do parque, destruindo uma teia de aranha que cintilava entre duas barras. As tiras prateadas ficaram grudadas nos dedos dele. Novamente sozinho, ele se sentiu meio estranho. Estava acostumado a ficar só, foi o que disse a si mesmo, então devia no mínimo estar aliviado. Mas, de alguma forma, não conseguia ficar feliz por Lydia ter ido embora. Ele limpou a teia dos dedos.

*Ainda bem que nos livramos dela*, disse Penoso. *Vamos voltar para o ninho e dar uma boa cochilada, tá?*

Quando Caw chegou no pé da árvore, seus olhos captaram movimento, alguma coisa correndo para um arbusto.

*Aquilo era um rato?*, perguntou Grasnido.

– Acho que era um camundongo – disse Caw.

*Dá no mesmo*, disse Penoso. *Todos são jantar.*

Caw puxou a gola da camiseta e cheirou.

– O que ela quis dizer com um banho?

*Você não vai tomar banho, vai?*, perguntou Penoso, já pousado em um galho baixo.

– Não – disse Caw, quando começou a subir. – Bem, talvez.

# Capítulo 6

**P**enoso pousou no retrovisor lateral do carro do Sr. Strickham.

*Não é tarde demais para voltar,* disse ele.

Caw se concentrou e seguiu em frente. Ao longe, os sinos da catedral de Blackstone batiam as 19 horas. O sol ainda aparecia acima das árvores, projetando a sombra de Caw à frente, mas as raposas já tinham começado a rondar. Caw viu uma delas correndo por entre os arbustos quando se aproximou da casa dos Strickham.

*Poderíamos ir revistar as lixeiras,* disse Grasnido. *Grandes ganhos!*

– Eu quero fazer isso.

*Não parece,* disse Penoso. *Está todo pálido.*

Caw tentou ignorá-los. Não importava se queria ir ou não, ele sentia que devia a Lydia. Ela podia ser insistente, mas foi até a biblioteca com ele e ajeitou a perna de Grasnido.

Ao chegar à porta, ele viu seu reflexo distorcido na enorme maçaneta polida. Deu uma cheirada rápida na axila. Tinha se lavado da melhor maneira possível na água do lago e ajeitado o cabelo com um pente velho, mas ainda se sentia uma fraude. Pelo menos conseguiu encontrar um par de sapatos novos. Alguém o jogou em uma lata de lixo. Eram um pouco pequenos, e um tinha um buraco no dedão, então Caw cortou a ponta do outro para ficarem iguais. De sua mala, ele escolheu uma camiseta preta, só um pouco rasgada na gola. Tinha uma mancha de tinta atrás, mas, se ele não tirasse o casaco preto comprido, ninguém notaria.

Ele levantou a aldrava com o coração disparado. E ficou paralisado.

O que ele estava pensando?

– Não posso fazer isso – murmurou.

Caw soltou a aldrava delicadamente e recuou.

*Ele ficou são!*, disse Grasnido, batendo com as garras em cima do carro do Sr. Strickham. *O que vai ser então? Comida indiana? Chinesa?*

A porta se abriu de repente, o que fez o coração de Caw saltar, e ali estava Lydia, usando algum tipo de vestido verde de lã. Ela estava bonita. Bem mais do que Caw.

– Eu sabia que você viria! – disse ela.

Antes que ele pudesse dizer qualquer coisa, ela segurou o braço dele e o puxou para dentro de casa, deixando os corvos gralhando do lado de fora. Imediatamente, o cachorro de Lydia, Benjy, começou a farejar os tornozelos do garoto. Benjy era branco com manchas marrons e tinha olhos saltados e orelhas caídas. Caw se viu ao pé de uma escadaria larga, sobre um espesso tapete claro. Viu horrorizado que os sapatos já tinham deixado uma mancha de terra no tapete.

– Me desculpe! – disse ele. – Vou tirar.

Ao descalçar os sapatos, uma lembrança do sonho voltou, do tapete da casa dos pais, da pele nua afundando em maciez luxuosa, até que ele reparou em Lydia olhando para os sapatos e lutando contra um sorriso.

– Vamos! – disse ela. – O jantar está quase pronto.

Ela o levou por um corredor cheio de fotos emolduradas, com Benjy os acompanhando. As fotos eram todas da família Strickham. Havia belos abajures de porcelana e vidro, emitindo uma luz verde delicada. Mas foi o cheiro o que mais chamou a atenção de Caw. O aroma da comida lhe deu tanta água na boca que ele teve medo de babar no tapete.

Na extremidade, uma porta dupla levava a uma mesa enorme com velas no meio e pratos espalhados. Caw mal conseguia acreditar, depois de ver tantas vezes pela janela, que finalmente estava ali dentro. O calor e a delicadeza pareciam atraí-lo.

Sentado à ponta da mesa lendo um jornal, com um par de óculos na ponta do nariz, estava o Sr. Strickham.

— Pai — disse Lydia.

O Sr. Strickham se virou e levou um susto.

— Mas o que...? — Ele abriu e fechou a boca e ficou de pé, olhando para Caw. — Lydia, o que esse garoto está fazendo aqui?

Com uma sensação horrível, Caw observou a mesa. Estava posta para três pessoas.

— Eu o convidei — respondeu Lydia. — Como agradecimento.

— Você o *convidou*? — disse o Sr. Strickham.

— Vou embora — falou Caw, virando-se.

Lydia o segurou.

— Não vai, não. Vai, pai?

Ela encarou o pai, que pousou os olhos nos pés descalços de Caw antes de olhar novamente para o rosto do menino.

— E seu nome é? — perguntou ele.

— Ele se chama Caw — disse Lydia. — Caw, este é meu pai.

O pai de Lydia demorou mais um segundo até acenar bruscamente e oferecer a mão. Parecia estar se esforçando para sorrir. Caw apertou a mão, feliz por ter esfregado bem as unhas no lago.

Naquele momento, uma mulher entrou na sala, segurando um prato fumegante. Era magra, com cabelo ondulado e ruivo que estava preso em um coque frouxo, e usava um avental rosa por cima de um vestido claro. Caw a reconheceu na mesma hora. A mãe de Lydia. Os olhos dela se arregalaram de alarme quando o viu.

– Quem é você? – perguntou ela.

– Parece que Lydia trouxe um... ah... esse... amigo para jantar – disse o Sr. Strickham.

– Ele é nosso *convidado* – disse Lydia. – É Caw. O garoto que estava lá ontem à noite.

– Entendo – disse a Sra. Strickham, apertando os olhos.

Caw começou a ficar pouco à vontade sob o olhar intenso dela.

– Devemos a ele pelo menos um jantar – disse Lydia. – Vou pegar outro prato. – Ela indicou uma cadeira. – Caw, sente-se aqui.

Quando Lydia saiu da sala, Caw pensou em se virar e fugir. Estava óbvio que não o queriam ali. Ele devia ter ouvido Penoso e Grasnido. Tentou oferecer um sorriso, mas tinha certeza de que saiu mais como uma careta. O Sr. Strickham assentiu, como se não soubesse como responder. A mulher dele se limitou apenas a pôr o prato delicadamente sobre a mesa.

– Sente-se, por favor – pediu o pai de Lydia.

Caw fez o que ele mandou, mantendo as mãos do lado do corpo ao sentar. Tudo parecia tão limpo! As paredes, o chão, a toalha de mesa... Ele quase não ousava se mexer por medo de sujar algo.

Lydia voltou logo, e todo mundo tomou seu lugar à mesa. A Sra. Strickham ergueu a tampa de uma travessa, deixando à mostra um pedaço de carne. O cheiro fez a boca de Caw se encher de saliva de novo. Ele engoliu com nervosismo.

— Onde você mora, Caw? — perguntou o Sr. Strickham enquanto cortava a carne com uma faca enorme.

— Aqui perto.

— Com seus pais? — perguntou o Sr. Strickham.

— Não — respondeu Caw. — Eu moro sozinho.

A expressão do Sr. Strickham ficou severa de repente.

— Você não parece ter idade suficiente — disse ele.

Lydia encarou o pai. O coração de Caw disparou em uma onda de pânico, e ele revirou o cérebro. Se eles descobrissem que só tinha 13 anos, chamariam as autoridades.

— Ele tem 16 anos — falou Lydia.

— É mesmo? — disse o Sr. Strickham. — Só pergunto porque...

— Tenho sim — mentiu Caw. — Tenho 16 anos.

— Pare de interrogá-lo, pai — disse Lydia. Ela colocou um prato cheio de carne, batatas e legumes cobertos de molho na frente de Caw. — Vai fundo.

Caw ergueu o rosto, e a Sra. Strickham assentiu. Ele reparou que ela parecia meio pálida.

— Espero que goste — disse ela.

Caw pegou um pedaço de carne e enfiou os dentes. Quase gemeu de prazer. Não se parecia com nada que ele já tivesse provado, com textura macia e quase doce. Ele comeu outro pedaço, e o molho escorreu por suas mãos. Mordeu uma batata e quase precisou cuspir porque estava quente demais. Ele abriu a boca e inspirou ar frio antes de morder furiosamente e engolir. Em seguida, pegou um punhado de alguma coisa verde e comeu também. Os sabores se misturavam de uma forma maravilhosa. Algumas coisas caíram no prato, mas ele pegou e colocou de volta na boca. Ele engoliu de novo e lambeu o molho denso dos dedos e do pulso.

A mesa estava silenciosa, ele percebeu e, quando ergueu o rosto, viu os três integrantes da família Strickham olhando para ele boquiabertos. Estavam segurando facas e garfos. Caw corou até as raízes do cabelo.

– Ele não está acostumado a ter companhia – disse Lydia rapidamente.

– Me desculpem – disse Caw. – Está delicioso.

Ele pegou a faca e o garfo, mas pareciam errados nas mãos dele. A Sra. Strickham o observou com curiosidade enquanto cortava lentamente a própria comida e colocava um pedaço pequeno na boca.

O jantar prosseguiu em silêncio. Caw quase não ergueu o rosto e, apesar de ter tentado se conter, logo terminou o que havia no prato. Lydia deu mais a ele sem perguntar.

– Você parece com fome, Caw – disse o Sr. Strickham. – Quando foi que comeu pela última vez?

Caw pensou nas maçãs que Lydia deu a ele.

– Hoje cedo.

– Sabe, eu talvez consiga alguma... ajuda – disse o Sr. Strickham, colocando a faca e o garfo no prato.

Caw franziu a testa.

– A cidade pode cuidar de crianças que não têm...

– Tenho *16* anos – disse Caw, um pouco alto demais.

– Não há razão para ser agressivo – disse o Sr. Strickham. – Só estou tentando ajudar você.

– Deixe-o em paz, pai – disse Lydia.

O Sr. Strickham olhou para ela com irritação.

– Não levante a voz para mim, mocinha. Não depois da sua desobediência de ontem à noite.

– Sem Caw e os corvos dele, nós estaríamos *mortos* – disse Lydia. – Só acho que deveríamos respeitar a privacidade dele.

O Sr. Strickham pareceu prestes a dizer alguma coisa, mas então balançou a cabeça.

– Você está certa, Lydia. – Ele sorriu para Caw. – Me desculpe.

– Você disse *corvos*, querida? – perguntou a Sra. Strickham.

– Disse – respondeu Lydia. – Caw treinou três corvos que ficam com ele. Dois deles atacaram o prisioneiro na viela ontem à noite.

– Que estranho – disse a Sra. Strickham. Ela franziu a testa e limpou a garganta. – Vou ao banheiro. Com licença.

Ela se levantou e limpou o canto da boca com um guardanapo engomado, depois saiu da sala.

Caw reparou em um movimento na janela, um bater de asas. Era Grasnido, pousado lá fora. Seu coração despencou. Essa era a última coisa de que ele precisava, justo quando parecia que os tinha conquistado. Caw sacudiu a mão para dizer "vá embora!".

Um latido repentino soou no corredor.

– Silêncio, Benjy! – gritou o Sr. Strickham. – E então, Caw, você sempre morou em Blackstone?

Os latidos ficaram desesperados.

– O que deu nele? – disse Lydia.

Ela se levantou e saiu da sala. Sozinho de novo *não*, pensou Caw.

Mas, um segundo depois, Lydia deu um grito agudo.

– Lydia! – gritou o Sr. Strickham.

Ele ficou de pé ao mesmo tempo que Caw, e os dois dispararam para o corredor.

Caw parou de repente, tentando entender o que estava vendo: Benjy, encolhido ao pé da escada, latindo loucamente enquanto Lydia gritava sem parar.

No tapete havia uma cobra. Tinha escamas cinza e uns 3 metros de comprimento, seu corpo estava enrolado, mas a cabeça protuberante erguia-se do chão. O Sr. Strickham segurou Caw quando ele tentou seguir em frente.

– Não, para trás! – disse ele.

– Se afaste do meu cachorro! – gritou Lydia. – Benjy!

A cobra deu o bote, e o latido de Benjy virou um ganido quando os dentes se agarraram à pata do animal. O cachorro rosnou e mordeu e rolou até se soltar. Com um sibilar, a cobra se virou e deslizou na direção de Lydia, os olhos cintilantes de jade observando cada movimento da menina.

Caw desvencilhou o braço da mão do Sr. Strickham. Segurou o abajur do corredor, soltou o fio da tomada e jogou na cobra. Vidro e porcelana explodiram pelo chão. Caw pegou outro abajur e levantou acima da cabeça. A criatura de escamas pulou para uma abertura de ventilação na parede. Antes que pudesssem impedi-la, deslizou para a escuridão.

Caw colocou o abajur no lugar. Seu coração estava disparado.

– Benjy? – murmurou Lydia.

Ela se agachou ao lado do cachorro. Ele estava deitado de lado, com olhos arregalados, ofegando rapidamente.

Duas marcas de dentes estavam horrivelmente visíveis na perna, o sangue escorrendo.

O Sr. Strickham colocou a tampa da ventilação no lugar. Estava apertando os parafusos quando a mulher voltou correndo.

— O que está acontecendo? — perguntou ela numa voz aguda.

O olhar avaliou os restos do abajur, Benjy e Lydia e, finalmente, Caw.

— Era uma cobra — disse o Sr. Strickham. — Nunca vi nada igual. De onde ela veio?

A Sra. Strickham olhou com raiva para Caw, como se fosse culpa dele, e andou até Lydia.

— Ele foi picado?

Lydia assentiu, lágrimas escorriam pelo rosto enquanto aninhava o cachorro.

— Quase não está respirando!

Caw viu o corpo do cachorro tremer e se contorcer, e de repente desabou nos joelhos de Lydia. Os olhos grandes do cachorro continuaram abertos, mas a luz sumiu deles.

— Benjy! — sussurrou Lydia.

A Sra. Strickham colocou a mão nas costas da filha.

— Sinto muito, querida.

— Não! — disse Lydia. — Liguem para o veterinário!

A Sra. Strickham puxou a filha para um abraço enquanto o cachorro jazia inerte no colo da menina.

— Ele se foi — disse ela, abraçando a filha, que chorava. — Ele se foi.

Caw só ficou ali, sentindo-se inútil.

O Sr. Strickham estava com uma das mãos na testa, como se não conseguisse acreditar no que tinha acontecido. Finalmente, indicou a porta e olhou para Caw.

66

– Me desculpe, mas precisamos ficar sozinhos.

Caw, num silêncio chocado, assentiu. Já tinha visto uma cobra ou outra no parque antes, Penoso dizia que eram uma iguaria, mas nunca nada daquele tamanho, e nunca nada venenoso. Não em Blackstone. Ele queria consolar Lydia também, mas o Sr. Strickham já o estava levando para fora.

– Obrigado pelo jantar – gaguejou Caw, pegando os sapatos. – Se houver qualquer coisa que eu possa...

A porta se fechou atrás dele.

Grasnido e Penoso estavam esperando perto do carro.

*Nós tentamos te avisar*, disse Grasnido. *Vimos a cobra entrar pelo bueiro.*

*Mas nós a pegamos*, disse Penoso. *Olhe!*

Ele virou o bico e indicou o chão ao lado do carro. A cobra estava em formato de S, sem vida, com sangue escorrendo do corpo.

Mas era tarde demais para Benjy.

Caw deu as costas para a cobra morta e cambaleou pelo caminho, deixando os corvos para trás, com a mente ainda agitada.

*Ei, aonde você vai?*, chamou Penoso com indignação.

A cobra tinha entrado pelo bueiro. Alguém devia tê-la soltado ali. De repente, ouviu passos se afastando rápido. Caw foi para a rua com o coração em disparada. Seus olhos demoraram um momento até se ajustarem à escuridão, mas então ele viu uma forma ao longe, correndo pela calçada para longe da casa de Lydia. Uma figura alta e escura. Seu coração gelou.

Uma mulher jovem de cabelo preto.

A prisioneira foragida.

# Capítulo 7

**Q**uando o sol da manhã entrou por entre as árvores, Caw estava dolorido, mas bem acordado. A pele formigava no ar gelado.

Ele tinha passado a noite nos galhos em frente à casa dos Strickham, apesar de Penoso e Grasnido ficarem insistindo que voltasse ao ninho. Ele não pregou um olho. E se a mulher retornasse? Ou Mandíbula ou o homenzinho apavorante? Caw se lembrou da frieza de Mandíbula na viela. A cobra venenosa não estava mais lá, seu corpo tinha sido jogado em um canteiro escondido do parque por Penoso e Grasnido. Mas não podia ser coincidência, os prisioneiros deviam tê-la soltado. Obviamente, queriam vingança do diretor Strickham.

O sol subiu mais alto no céu, mas ainda não havia nenhum sinal de movimento na casa.

*Ah, como eu* estou *feliz de termos ficado aqui a noite toda*, disse Penoso, num gorjeio mal-humorado. *Podemos ir dormir agora?*

Grasnido estava encolhido no mesmo galho.

*Por favor, Caw. Vamos voltar para o ninho.*

– Daqui a pouco – disse Caw, esticando os braços.

*Você não pode passar o dia todo aqui!*, reclamou Grasnido. Caw não queria partir. Mas não parecia que os Strickham dariam as caras. O corvo tinha razão, além do mais os prisioneiros provavelmente não atacariam em plena luz do dia.

– Tudo bem – murmurou Caw. – Vamos.

Assim que ele chegou ao alto do muro do parque, a cortina do quarto de Lydia se abriu. Ela estava sentada ali, de pijama, olhando diretamente para ele. Pelo rosto pálido, ele concluiu que ela também não tinha dormido muito. Os olhos estavam vermelhos, como se ela tivesse chorado.

Os lábios de Lydia mexeram dizendo "Espere aí!", e ela fechou a cortina.

– Mudança de planos – disse Caw para os corvos.

Alguns minutos depois, Lydia saiu da casa usando uma calça jeans, tênis, uma blusa verde e um colete branco felpudo. Caw desceu do muro.

– Lamento por Benjy.

Por um momento, o rosto de Lydia se contraiu, mas ela piscou, afastando as lágrimas.

– Não é culpa sua – disse ela baixinho. – Só não entendo. De onde veio aquela cobra?

– Vi uma pessoa ontem à noite – disse Caw. Ele não queria assustar Lydia, mas também não podia deixá-la de fora. – Logo depois que saí. Acho que era um dos prisioneiros. Uma mulher, correndo para longe da sua casa.

– Aqui? – perguntou Lydia. – Por que você não nos contou?

– E-eu não quis forçar a barra – disse Caw. – Seu pai tinha acabado de me mandar embora.

Lydia apertou os lábios.

– Você acha que ela teve alguma coisa a ver com a cobra?

– Talvez – disse Caw. – Nunca vi uma cobra assim em Blackstone.

– Eu vi, mas só no zoológico – disse Lydia. – Minha mãe achou que talvez tivesse fugido. – Lydia olhou para a casa. – Estou com medo. Papai sofreu ameaças antes, mas nada assim.

Caw queria consolá-la, mas não sabia como. Então, mudou de assunto.

– Devíamos ir à biblioteca. Talvez a Srta. Wallace tenha descoberto alguma coisa sobre aquela aranha.

– Boa ideia – disse Lydia. – Pode ser até que ajude papai a encontrar os prisioneiros.

*Espere*, chamou Grasnido do muro acima. *Você não vai realmente sair com ela, vai? Ela é perigosa! Ela e o pai.*

Lydia olhou para cima ao ouvir o corvo.

– Ah, eu não os tinha visto ali – disse ela. – Oi, corvos!

*Grasnido está certo*, disse Penoso, olhando para Lydia com reprovação. *Voto para voltarmos ao ninho e ficarmos quietos até a poeira baixar.*

Caw sentiu uma onda de raiva, mas manteve a voz firme.

– Eu vou – afirmou ele. – E ponto final.

Lydia deu uma espiada nos corvos.

– Eles não gostam de mim, não é?

– Não é isso – respondeu Caw. – Só estão preocupados comigo.

*Estou falando sério*, disse Penoso. *Nada de bom pode vir dessa coisa de aranha. Por que você não consegue esquecer?*

Caw se voltou para o pássaro.

– Olha só, Penoso, você sabe de alguma coisa que não está me contando? Porque, se sabe, pode falar.

Penoso virou a cabeça para o outro lado.

*Só sei que Alvo falou ontem*, disse o corvo. *E isso não acontece nunca. Ele pode estar maluco, mas não gostei do que ele disse.*

Lydia parecia confusa.

– Penoso? – disse ela. – Esse é o nome dele?

Caw respirou fundo.

– Acho que aqueles prisioneiros tinham alguma coisa a ver com meus pais – disse ele calmamente para os corvos.

– Vocês não podem esperar que eu fique sentado em uma árvore a vida toda e esqueça deles.

Pela primeira vez, os corvos ficaram em silêncio.

Penoso mexeu o bico.

*Faça o que achar que tem que fazer*, disse ele.

Caw tinha se acostumado com as mudanças de humor de Penoso. O velho corvo podia ser teimoso, mas isso era diferente. Ele parecia quase magoado.

Era uma pena. Caw não precisava de babá.

– Venha – disse ele para Lydia. – Vamos.

Eles tinham cruzado metade da lateral do parque quando Caw percebeu que os corvos não os seguiram. Olhou para trás e viu Penoso e Grasnido empoleirados onde ele os havia deixado, observando.

E então ele se deu conta. *Eles estão com ciúme de Lydia. Estão irritados porque não estou contando com eles, pela primeira vez.*

– Está tudo bem? – perguntou Lydia.

– Está – disse Caw com voz fria.

Ele virou de costas para os corvos e continuou andando. Já era hora de ele enfrentá-los e fazer as coisas do jeito dele.

A partir do parque, havia várias rotas para a cidade. Caw costumava pular pelos telhados, seguir por becos ou trilhos de trem, mas hoje eles seguiram pela rua principal, cheia de armazéns e oficinas de carro. Por um tempo, ele ficou em silêncio, repensando a discussão com os corvos, perguntando-se se deveria ter dito alguma coisa diferente. Mas, ao chegarem nas extremidades da cidade, onde prédios altos e lojas começaram a surgir, Lydia quebrou o silêncio.

– Sabe, quando você disse que falava com os corvos, eu não entendi direito – disse ela. – Mas você *fala* mesmo com eles, não é? Entende mesmo o que estão dizendo.

– Sim – disse Caw. – Desde que eles...

Desde que um bando de corvos o levou para longe dos pais, ele quase disse, mas não sabia como ela reagiria a isso.

– Você pode me contar – disse Lydia.

Ela colocou a mão no braço de Caw, e ele conseguiu não se afastar.

– Nunca contei para ninguém.

– Pode me testar – respondeu ela. – Por favor. Preciso de alguma coisa que me distraia de Benjy.

Caw olhou para ver se ela não estava sorrindo. Ela devolveu o olhar, com o rosto aberto e sincero. Ele parou de andar e respirou fundo. Estava mesmo pronto para compartilhar aquilo?

– Eles sempre cuidaram de mim – disse ele lentamente. – Não consigo me lembrar de muita coisa antes dos corvos.

– Mas você se lembra de alguma coisa?

Caw mordeu o lábio. Já tinha confiado a Lydia mais segredos do que a qualquer outra pessoa. Por que não isso?

– O sonho que eu tenho – começou ele. – Como te contei, parece mais uma lembrança.

Ele pensou que se sentiria tolo ao falar em voz alta, mas, ao contar para ela sobre os corvos carregando-o para longe da janela aberta, sobre os pais o abandonando, ela ouviu com atenção.

Antes que Caw se desse conta, estava contando mais para Lydia, sobre os primeiros dias, quando o ninho era tão pequeno que ele quase não cabia ali, sobre os corvos diferentes que vinham e iam, sobre explorar mais e mais Blackstone.

Conforme as palavras foram saindo, descrevendo o quanto foi difícil, o quanto foi solitário, ele sentiu o velho sentimento familiar crescendo no peito. Raiva dos pais por *tornarem* tudo tão difícil. Por que eles não puderam ficar com ele e amá-lo como pais de verdade? Ele viu como a Sra. Strickham abraçou Lydia quando Benjy estava morrendo, ouviu o desespero na voz do pai durante a briga na viela, quando achou que ela estava em perigo. Como os pais dele puderam fazer o que fizeram? Todas as vezes que ele passou fome, que caiu de galhos, que tremeu de frio nas noites de inverno... onde eles estavam?

– Ei, Caw, você está bem? – perguntou Lydia.

Caw percebeu que tinha fechado os dedos em um punho. A raiva demorou alguns segundos para esvair.

– Estou – disse ele. – Me desculpe.

Ele sentiu a mão dela segurar a dele e apertar.

– Eu entendo – disse ela. – Você é bem-vindo na nossa casa a qualquer momento.

Caw sorriu.

– Não tenho certeza se seus pais diriam isso.

Mas os olhos de Lydia estavam grudados em alguma coisa atrás dele. Era uma banca de jornal.

– Olha só! – disse Lydia.

Ela andou até lá, pegou um jornal, pagou ao homem lá dentro e voltou correndo. Desdobrou o jornal para Caw poder ver.

As palavras não significavam nada para ele além da que havia no alto da página: BLACKSTONE, igual ao portão do parque. Mas as imagens eram bem claras, os rostos dos três prisioneiros foragidos. Lydia apontou para o homem da tatuagem.

– O nome dele é Clarence Trap, conhecido como Mandíbula – disse ela. – A mulher é Eleanor Kreuss, e o baixinho se chama Ernest Vetch. – Ela vasculhou o texto em letras pequenas. – Diz que os três foram presos no Verão Sombrio por crimes que incluíam assassinato, roubo e sequestro. Estavam cumprindo prisão perpétua, sem chance de condicional. Acho que era por isso que eram de segurança máxima.

– O que é o Verão Sombrio? – perguntou Caw.

Lydia olhou para ele como se ele tivesse acabado de perguntar o que era o céu.

– Você anda mesmo isolado, não é? O Verão Sombrio foi uma onda de crimes que aconteceu quando a gente tinha uns 5 ou 6 anos. Um monte de ataques e assassinatos sem explicação por toda Blackstone. Grupos de animais selvagens andando pelas ruas. Coisas muito esquisitas. Aparentemente, Blackstone era ótima antes disso, pelo menos é o que meu pai diz. Ele diz que a cidade nunca se recuperou.

Caw deixou a informação ser absorvida. Seu coração disparou.

– Quantos anos atrás?

Lydia franziu a testa.

– Talvez... sete ou oito?

– Oito anos – disse Caw. – Foi quando meus pais me abandonaram.

O Verão Sombrio, seus pais, os prisioneiros foragidos. A aranha.

– É mesmo? Você acha que é coincidência?

Caw não respondeu. Acelerou o passo, e Lydia deu uma corridinha para acompanhar. Ele sentia como se os fios de um mistério estivessem começando a se juntar, a se tecer em uma teia que enredava cada parte de sua vida.

E, no centro dessa teia, havia uma aranha.

Os bancos em frente à biblioteca estavam vazios.

– Que estranho – disse Lydia. – Normalmente tem um monte de gente aqui aos sábados.

Quando eles subiram os degraus, Caw viu um aviso pendurado na porta. Lydia parou.

– Ah, está fechada!

– Não é possível – disse Caw. – A Srta. Wallace nos mandou voltar hoje.

– Bem, é isso que o aviso diz. O que fazemos agora?

– Vamos dar uma olhada atrás. É onde ela costuma deixar meus livros.

Quando eles estavam contornando a biblioteca, uma sensação tensa e nauseante começou a crescer no fundo do estômago de Caw.

O carro da Srta. Wallace estava estacionado no lugar de sempre. Ele sabia que o pequeno veículo azul era dela porque a tinha visto estacionando nos dias em que chegava cedo, ansioso pelo copo semanal de chocolate quente.

O temor cresceu no peito dele. E, quando eles chegaram aos degraus da saída de incêndio, ele viu que havia alguma coisa pintada com spray na parede.

Lydia sufocou um grito e levou a mão à boca.

Caw sentiu muito frio de repente.

– Não – murmurou ele. – Por favor... não a Srta. Wallace.

Era uma aranha recém-desenhada, com a tinta ainda brilhando. Exatamente igual à do sonho.

Caw pulou para o pé da escada ao lado da porta lateral e experimentou a maçaneta. Não estava trancada. Ele levou o dedo aos lábios e entrou.

Um silêncio absoluto reinava lá dentro. A luz do escritório da Srta. Wallace estava acesa, e a porta, entreaberta. Caw espiou lá dentro. Ninguém.

– Talvez a gente devesse chamar a polícia – sussurrou Lydia.

– Ainda não – disse Caw.

As luzes principais da biblioteca estavam apagadas, mas havia um cheiro estranho no ar. Lembrava a Caw o parque depois de uma chuva pesada. Era úmido e terroso como o de folhas mortas.

Ele contornou as estantes da parte de trás da biblioteca. Ali! A Srta. Wallace. O alívio tomou conta dele. Ela estava sentada à escrivaninha, de lado para ele, com os óculos pendurados no pescoço.

– Srta. Wallace! – chamou ele, andando na direção dela.

Ela não se moveu.

– Srta. Wallace – disse ele com voz mais baixa.

Ao chegar à frente da escrivaninha, o terror o agarrou pela garganta. Atrás dele, Lydia soltou um gemido. A Srta. Wallace estava sentada ereta, olhando diretamente para ele, com olhos arregalados e desfocados. Havia alguma coisa errada com a boca. Claros fios prateados cobriam os lábios e o nariz, como uma máscara. Seda de aranha. Trilhas de sangue escorreram do rosto para a blusa creme, criando um desenho macabro em tons de vermelho.

Caw se sentiu tonto, e o aposento pareceu girar. Lembrava um pesadelo se infiltrando no mundo real.

A voz de Lydia recolocou tudo em foco.

– Ela está... morta? – perguntou ela.

Caw foi até o lado da Srta. Wallace. A expressão estranha e sem vida lhe dava a aparência de um manequim de loja. Ele quase não conseguia suportar encará-la, seus olhos tão gentis. Ele verificou o pulso dela para ter certeza. Nada de pulsação. A pele estava fria e parecia cera.

– Por quê? – disse ele. – A Srta. Wallace nunca machucou ninguém. Ela ajudava as pessoas.

Caw afundou ao lado dela. Ao fazer isso, percebeu que uma das mãos da bibliotecária estava firmemente fechada, e dentro vislumbrou algo branco.

– Tem alguma coisa aqui – disse ele. – Ela devia estar segurando quando foi... – Era horrível demais para dizer.

Lydia contornou a escrivaninha com hesitação, como se com medo de se aproximar do corpo. Caw afrouxou delicadamente os dedos da Srta. Wallace, e uma bola de papel caiu. Ao abri-la, percebeu o que era: o desenho que Lydia fizera da aranha. Sua pulsação disparou, e a boca ficou seca. Havia uma única palavra escrita embaixo da imagem. Ele olhou para Lydia.

– Quaker – leu ela. – O que isso quer dizer?

– Não sei – sussurrou Caw.

Seus olhos foram atraídos de novo para a máscara de fios brancos no rosto da Srta. Wallace. Ele ficou enjoado ao imaginar como ela devia ter lutado para respirar.

– Vou ligar para a polícia – disse Lydia. Ela foi até a escrivaninha e pegou o telefone, mas franziu a testa. – Não tem linha.

Uma gargalhada estrondosa ecoou pelo ar bolorento. Caw se virou e viu o maior dos fugitivos, Mandíbula, de pé na sacada acima. Ele tinha trocado o uniforme da cadeia, por uma camiseta vermelho-sangue e uma calça jeans preta. A luz da janela se refletiu na cabeça careca, e Caw conseguia distinguir as placas do crânio por baixo da pele. A tatuagem se esticava de orelha a orelha, parecendo mais com uma apavorante boca de palhaço do que antes.

— Você! — disse Caw.

— Veio se juntar à festa, garoto? — rugiu o prisioneiro.

De repente, Lydia segurou o braço de Caw e apontou.

— Olhe!

A mulher de cabelo escuro estava se aproximando pelos fundos da biblioteca. Usava um vestido preto, o cabelo estava preso em um rabo de cavalo grosso que se enrolava no pescoço como um cachecol preto e caía pelo ombro. Na mão, segurava uma agulha de costura comprida e prateada.

— Não se preocupem, crianças — disse ela. — Fui delicada com ela.

A raiva de Caw quase venceu o medo. Ele e Lydia correram para o escritório da Srta. Wallace, mas uma forma encolhida atravessou o caminho deles. Estava usando um sobretudo bege pelo menos duas vezes o seu tamanho.

— Rasteiro, aos seus serviços — disse o homem, lambendo os lábios de forma grotesca. — Acredito que vocês já tenham conhecido meus colegas, Mandíbula e Mamba.

Caw lançou um olhar na direção da porta da frente, e seu coração despencou quando ele viu uma corrente enorme presa na maçaneta e trancada com um cadeado.

Eles estavam encurralados.

# Capítulo 8

– **N**ão têm para onde correr, crianças – disse Mamba.

– Por que vocês a mataram? – gritou Caw, apontando para o corpo inerte da Srta. Wallace. – Ela nunca machucou ninguém!

– Foi necessário – disse Mandíbula. Seu sorriso se alargou. – Não que não tenhamos apreciado. – Ele olhou para os outros. – Vamos terminar o trabalho, certo?

O homem baixo riu e estalou os dedos.

Caw ouviu um som estranho de rangido, e uma coisa caiu da manga do sobretudo de Rasteiro. Ela saiu correndo pelo chão. Uma barata.

Lydia recuou e esbarrou em Caw.

– Nojo!

– Tem mais de onde veio essa – disse Rasteiro.

Ele fechou os olhos, como se estivesse orando. Em seguida, insetos começaram a sair das duas mangas em uma onda horrenda de cascas pretas e pernas mexendo-se. Centenas de baratas desciam pela roupa dele e caíam no chão. Caw ofegou e cambaleou para trás quando elas também começaram a sair das pernas da calça de Rasteiro, caindo uma em cima da outra em um fluxo infinito.

— Caw? — sussurrou Lydia, apavorada.

— Isso não é possível — murmurou ele.

De onde elas estavam vindo?

As baratas varreram o chão, indo direto na direção deles. Lydia gritou. Caw segurou a mão dela e a puxou para uma porta lateral. As baratas foram atrás em uma massa chiante em movimento.

Eles tinham quase chegado à porta quando Lydia alertou:

— Caw, pare!

Caw parou de repente com um puxão da garota. Ele identificou um movimento no corredor atrás da porta. Três formas enormes surgiram, atravessando o vão. Eram cachorros, com corpos cobertos de músculos por baixo do pelo curto, olhos amarelos brilhando sobre os focinhos franzidos. Rosnados profundos reverberaram dos peitos deles, e baba escorria de lábios pretos repuxados sobre dentes irregulares.

Quando as baratas chegaram perto, Caw subiu em uma mesa e puxou Lydia. Ela segurou o braço dele com força, os olhos cheios de pânico.

— Baratas conseguem subir, sabe — disse ela.

A massa negra de insetos cobriu as pernas da mesa e chegou à beirada. Caw os chutou e espalhou a primeira leva no chão. Mas outros subiram, vindos de todos os lados. Lydia pulou e caiu com um som de esmagamento em cima das baratas, e Caw pulou atrás. Seus pés afundaram nas cascas quebradas. Quase imediatamente, os insetos subiram pelos pés e pernas em uma maré que coçava e formigava.

Caw pulou para a beira da massa vibrante, esmagando mais baratas a cada passo. Ele ouviu Lydia gritar de novo, e alguma coisa bateu na lateral de seu corpo e ele caiu. Sentiu um hálito fedorento; era um dos cachorros. As patas dianteiras prendiam seus braços, e o peso roubou-lhe o ar. As mandíbulas do cachorro se fecharam e rosnaram a centímetros de seu rosto. Ele tinha certeza de que a qualquer segundo o animal enfiaria os dentes na carne macia de sua bochecha. Sentiu as baratas saírem correndo de cima dele, como se até elas estivessem com medo.

– Eu não me mexeria se fosse vocês – disse Mandíbula. Caw virou a cabeça para longe dos dentes e viu que Lydia também estava imobilizada no chão. O terceiro cachorro estava sentado obedientemente ao lado de Mandíbula, lambendo sua mão. – Meus cachorros arrancariam suas gargantas como se fossem algodão doce.

O cachorro em cima de Caw baixou o focinho e rosnou. Caw ficou paralisado, os olhos bem fechados. Ele conseguia sentir a fome cruel do cachorro. O animal queria nada mais do que parti-lo em pedacinhos, mas alguma coisa o detinha.

A voz da mulher soou em seguida.

– Não tem corvos para te ajudar agora – disse ela.

Caw abriu os olhos de novo e a viu ao lado de Lydia, olhando para ela como um espécime curioso. O peito de Lydia subia e descia rapidamente, e suas feições se contorceram de nojo. Uma cobra, assim como a que matou Benjy, estava enrolada no braço de Mamba. O pescoço e a cabeça estavam apoiados no pulso da mulher, e ela acariciava as escamas com as pontas das unhas pretas e compridas. A língua saiu da boca, tremendo de prazer.

– O que você fez com elas? – gritou Rasteiro.

Ele estava agachado sobre um monte de baratas esmagadas, pegando-as com as mãos e soltando os corpos quebrados por entre os dedos. Lágrimas escorriam pelo rosto. O resto das baratas parecia ter sumido tão rapidamente quanto chegou.

Quem *eram* essas pessoas?

O corcunda olhou com raiva para Caw e Lydia, os olhos úmidos e zangados.

– Me deixe matar os dois! – disse ele. – Deixe minhas pequeninas entrarem nas bocas deles e comerem os dois por dentro!

Ele cambaleou na direção dos dois, mas o terceiro cachorro bloqueou a passagem, rosnando, com as orelhas para trás.

– Agora não – disse Mandíbula. – Lembre por que estamos aqui.

*Não para nos matar, então.* Apesar do medo, Caw tentou raciocinar claramente. *Estaríamos mortos se esse fosse o plano deles.*

O cachorro em cima de Caw ergueu a cabeça de repente, retesando as orelhas. Os outros dois o copiaram.

Um segundo depois, Caw ouviu sirenes. Seu coração se encheu de esperança.

– Polícia! – sibilou Mamba. – Como souberam?

Mandíbula virou a cabeça enorme na direção do cadáver da Srta. Wallace. Ele grunhiu.

– Ela deve ter apertado o botão do pânico logo antes de morrer.

Carros frearam de repente do lado de fora, e, pelo vidro fosco das janelas, Caw viu o brilho de luzes azuis e vermelhas.

– Socorro! – gritou Lydia. – Nos ajudem!

– O que fazemos? – perguntou Rasteiro, olhando de um lado para o outro.

A porta da biblioteca foi sacudida, e as correntes estalaram.

– Nós vamos embora – disse Mandíbula calmamente. Seus olhos pousaram em Lydia. – Tragam a garota.

Mamba e Rasteiro se adiantaram, e Caw sentiu o peso do cachorro sair de cima do peito. Ele rolou bem a tempo de ver Rasteiro puxar Lydia do chão e jogá-la no ombro. Ela chutou e gritou, o cabelo ruivo se soltando das tranças. Caw correu atrás dela, mas um golpe ardente o atingiu na bochecha e ele caiu em cima da escrivaninha da Srta. Wallace, atordoado. Mamba estava de pé na frente dele; Caw não a tinha visto nem se mexer, muito menos golpeá-lo. De perto, ele viu o rosto dela em mais detalhes. Tinha as maçãs do rosto altas, lábios que eram quase negros. Olhos que brilhavam como pedras preciosas. Ela se virou rapidamente e seguiu os outros.

Mandíbula enfiou a mão no bolso e tirou alguma coisa do tamanho de uma maçã. Apertou um botão no alto e a jogou girando no meio da sala. Uma onda de fumaça se espalhou rapidamente do chão para cima.

– Me largue! – gritou Lydia.

Caw correu os olhos pela escrivaninha da Srta. Wallace e viu o peso de papel. Segurou-o, mirou e jogou o peso pela biblioteca. Acertou a cabeça de Rasteiro com um baque nauseante, e o homem caiu de joelhos, soltando Lydia. Ela se afastou enquanto Mamba corria para perto de Rasteiro. Momentos depois, eles estavam escondidos pela fumaça.

– Aquela pirralha maldita! – rosnou Rasteiro. – Para onde ela foi?

– Deixe-a! – soou a voz de Mandíbula. – Não podemos ser capturados de jeito nenhum.

Caw ouviu um estrondo e, por um buraco na fumaça, viu a porta da frente ser arrombada. Um policial caiu sobre um joelho e a luz invadiu o aposento. Lanternas iluminaram a fumaça, e gritos encheram o ar.

– Polícia!

– Não se mexam!

Caw ficou paralisado ao lado do corpo da Srta. Wallace. Ele viu a sombra de Lydia se movendo entre estantes a 10 metros de distância.

Uma lanterna o cegou.

– Mãos onde eu consiga ver! – gritou um policial.

Caw se agachou e mergulhou nas ondas de fumaça. Um único tiro estourou, e uma prateleira ao lado de sua cabeça explodiu em estilhaços. Mais duas balas passaram zunindo e colidiram com a parede.

– Espere! – disse Lydia.

Quando chegou ao lado dela, Caw não conseguia ver quase nada. Ele inspirou um pouco de fumaça acre e tossiu, com os pulmões ardendo.

– Venha! – disse ele, puxando Lydia na direção da porta por onde os cachorros tinham surgido.

Mais tiros cortaram o ar.

– Parem de atirar! – gritou uma voz. – Pode haver reféns!

Os tiros pararam enquanto Caw arrastava Lydia pelo corredor. Eles passaram por várias portas até chegarem a uma escada que levava para o andar de baixo. Ele desceu três degraus de cada vez, e Lydia foi atrás. No final, Caw empurrou uma porta com a foto de um homem e se viu em um banheiro. Havia janelas na altura da cabeça, acima das pias.

– Caw, pare! – disse Lydia. – A polícia está do nosso lado.

– Não está, não! – disse Caw.

Ele subiu em uma pia e abriu a alavanca da janela, mas não conseguiu empurrar a vidraça. Bateu com a palma da mão nela.

– Vamos explicar o que aconteceu! Eles vão acreditar na gente! – disse Lydia.

Ela não subiu ao lado dele.

– Me ajude! – disse Caw, empurrando a janela de novo.

A estrutura cedeu um pouquinho.

Lydia olhou na direção da porta.

– Caw, vão pensar que somos culpados de alguma coisa se fugirmos!

Caw puxou a mão e empurrou a janela de novo, que abriu meio metro. Tinta fresca se soltou da moldura. Ele estendeu a mão para ela.

– Por favor, Lydia – disse ele. – Você não entende. Se eles me levarem, nunca mais vou sair. Vão me enfiar em um orfanato.

Lydia ficou olhando para ele e cedeu. Ela sabia que era verdade.

Caw segurou a mão dela e a ajudou a subir.

– Você primeiro – disse ele.

Vozes confusas soaram lá fora.

– Um aposento de cada vez!

– Tomem cuidado, eles podem estar armados!

– A sala está vazia!

Lydia se espremeu pela abertura, e Caw se impulsionou atrás dela. Ouviu a porta do banheiro bater e arrastou o corpo pelo cascalho lá fora. Não olhou para trás enquanto corriam pelo estacionamento e passavam pelo carro da Srta. Wallace.

– Ei, vocês! – gritou uma voz. – Parem bem aí!

Um motor foi acionado, e um carro de polícia bloqueou o caminho. Dois policiais pularam de dentro. Um foi pegar a arma, mas, antes que conseguisse sacá-la do coldre, Grasnido desceu sobre o braço dele. O policial recuou com um grito de surpresa, na mesma hora que Penoso tirava o chapéu de sua cabeça. Lydia passou correndo na direção de uma viela. O outro policial se inclinou ligeiramente para a frente e esticou os braços para segurar Caw.

– Você não vai a lugar nenhum, garoto! – disse ele.

Caw correu feito um torpedo na direção dele e, por um estranho segundo, se sentiu quase sem peso, como se fosse um corvo. Deu um pulo alto, as pernas se firmaram nos ombros do policial, e logo o mundo virava de cabeça para baixo quando ele deu uma cambalhota.

Caw caiu de costas no capô do carro e deslizou pelo outro lado. O policial virou com olhos arregalados e incrédulos, e Caw saiu correndo atrás de Lydia, o casaco balançando.

Momentos depois, eles ouviram o som de passos dos policiais logo atrás.

Um bando enorme de pombos estava se alimentando no chão à frente, e Caw correu direto para o meio deles. Os pássaros levantaram voo dando gritos de pânico, e, quando Caw olhou para trás, viu os policiais passando com dificuldade entre o bater de asas.

Acima deles voavam duas formas negras, Penoso e Grasnido.

— Para que lado? — perguntou Lydia.

Grasnido e Penoso viraram para a esquerda à frente.

— Siga os corvos! — falou Caw, apontando.

Eles seguiram pelas vielas, passando pelos bairros pobres de Blackstone, perto do rio, com os corvos logo à frente.

Quando pararam de correr, estavam perto do cruzamento de uma das ruas principais que seguia para o norte. Sirenes passavam perto de tempos em tempos, mas eles tinham despistado os policiais. A respiração de Caw estava entrecortada, e Lydia estava inclinada para a frente.

— Foi... um pulo e tanto — disse ela. — Tem certeza de que você não passou um tempo no circo?

Caw balançou a cabeça. Ele não sabia como tinha feito aquilo. Simplesmente... fez.

Penoso voou para o chão aos pés deles enquanto Grasnido pousou no toldo de um café ali em frente.

– Vocês vieram – disse Caw.

*Eu não queria*, disse Penoso, erguendo o bico com altivez, *mas Grasnido me convenceu. Sorte sua.*

– Diga para eles que eu agradeço – disse Lydia.

*Diga para ela que não precisamos do seu agradecimento*, retrucou Penoso. *Caw, você não consegue ver que ela é perigosa?*

– O que ele falou? – perguntou Lydia.

– Ele disse, "Não foi nada" – mentiu Caw.

*Chega, Caw*, disse Penoso. *Essa rua leva de volta ao parque. Diga adeus.*

– Devíamos ir falar com meu pai – disse Lydia. – Ele vai saber o que fazer.

*De jeito nenhum*, disse Penoso. *Não preste atenção nela.*

– Não posso – disse Caw. – Ele não vai entender.

Lydia soprou uma mecha de cabelo do rosto.

– Vamos fazer com que entenda – disse ela. – Ele não é da polícia. Não está contra você. E é meu pai!

*Você não pode confiar nele*, disse Penoso.

Lydia lançou um olhar irritado para o corvo, quase como se compreendesse os grasnidos dele.

– Meu pai não está interessado em você, Caw – disse ela. – Ele quer aqueles prisioneiros.

Caw sabia que o Sr. Strickham não era um homem ruim, mas também não era amigo.

– Você não vê? – insistiu Lydia. – Precisamos de gente do nosso lado. Não precisamos enfrentar isso sozinhos.

*Você não está sozinho*, disse Penoso. *Você tem a nós.*

Caw balançou a cabeça e olhou para o corvo.

– Você nos salvou, Penoso – disse ele. – Sei disso, mas tem alguma coisa maior acontecendo aqui. Mataram a Srta. Wallace. E aquela aranha do meu sonho tem alguma coisa a ver com isso. Estava pintada na parede, e... eles colocaram uma teia de aranha sobre a boca da Srta. Wallace. – Ele sentiu um caroço na garganta. – Ela deve ter sentido tanto medo – murmurou ele.

Penoso inclinou a cabeça e olhou para cima. Caw seguiu o olhar e viu Alvo pela primeira vez, pousado no aro de uma antena parabólica.

– Quando ele chegou aqui? – perguntou Caw.

*Ele esteve de olho o tempo todo*, disse Penoso.

Alvo deu um piado delicado que Caw não tinha ouvido antes.

Grasnido voou e pousou no ombro de Caw.

*Você viu como peguei aquele policial?*, perguntou ele. *Pow!*

– Eu vi – disse Caw. Ele deu um sorriso triste. – Me desculpe pelo que falei antes. Não mereço sua ajuda.

Quando eles chegaram à rua principal, Caw viu um pombo no topo de um poste de luz.

– Os pombos também ajudaram – disse ele, olhando para os olhos sem piscar da ave. – Não ajudaram?

*Enganação*, disse Grasnido. Ele deu alguns crocitos roucos, e o pombo saiu voando.

\* \* \*

Caw se perdeu em pensamentos enquanto eles seguiam rapidamente para a casa de Lydia. Quando a adrenalina da perseguição foi sumindo, seu coração ficou pesado.

– Não é culpa sua, sabe – disse Lydia, como se tivesse adivinhado o que ele pensava.

Os dois estavam atentos a sinais da polícia enquanto seguiam por uma rua lateral deserta. Os corvos iam voando na frente até os cruzamentos e grasnavam duas vezes se o caminho estava limpo e só uma quando não estava. Caw e Lydia se escondiam com frequência atrás de carros estacionados, só por precaução.

– Ela estaria viva se não fosse por minha causa – disse Caw. – Senti como se estivéssemos sendo seguidos quando fomos para a biblioteca da primeira vez. Deviam ser aqueles prisioneiros. Talvez, se eu não tivesse pedido a ajuda dela...

No fundo da mente, havia outra pergunta. Quem ou o que era Quaker? E por que a palavra era tão importante que a Srta. Wallace a manteve na mão, mesmo quando estava sendo morta?

Lydia segurou o braço dele. Quando ele ergueu o rosto, viu o olhar suplicante dela.

– Caw, aqueles três prisioneiros mataram a Srta. Wallace, não você. E, quando a polícia os pegar, meu pai vai trancá-los e cuidar para que nunca mais saiam. Tá?

Caw ficou grato pelas palavras dela, mesmo não estando convencido. Sentiu uma raiva intensa e repentina queimando no peito. Aqueles assassinos mereciam coisa pior do que uma cela de prisão. Muito pior.

Depois de mais algumas esquinas, os muros do parque apareceram no fim da rua, e a casa dos Strickham também.

– Tem certeza disso? – perguntou Caw, sentindo uma apreensão repentina. – Afinal, seus pais não gostam muito de mim, não é?

– Não é isso – disse Lydia. – É que você é um pouco...
diferente.

*Encantador*, disse Penoso, voando acima. *Vamos esperar aqui.*

Os três corvos pousaram nos galhos de uma faia, com Alvo em um galho mais alto do que os outros. Seus olhos pálidos pareciam seguir Caw. O dia tinha ficado frio, com nuvens cinzentas ocupando o céu.

A Sra. Strickham abriu a porta antes de eles estarem na metade do caminho de entrada.

– Onde você esteve, mocinha? – perguntou ela.

– Mãe, precisamos falar com o papai – disse Lydia.

– Seu pai está ao telefone – disse a Sra. Strickham. – E o que esse garoto está fazendo aqui de novo? – Os olhos dela grudaram em alguma coisa atrás de Caw, e ela ficou pálida. Ele se virou e viu que ela estava olhando para os corvos. – Entre.

Lydia subiu os degraus.

– Só você, Lydia – disse a mãe, quando Caw tentou segui-la.

Lydia parou.

– Ele é meu amigo. Não vou entrar sem ele.

Caw sentiu uma onda de orgulho. Ninguém nunca o tinha chamado de amigo durante toda a vida.

A Sra. Strickham abriu a boca, mas hesitou, como se não soubesse o que dizer. A expressão dela mudou, e de repente ela pareceu mais triste do que com raiva.

O Sr. Strickham apareceu atrás dela, com o telefone no ouvido.

– Obrigado, John – dizia ele. – Mantenha-me informado. – Ele parecia desanimado ao desligar, mas seu rosto ganhou vida quando ele viu a filha. – Lydia, graças a Deus você está bem. – Ele desviou o olhar para Caw com nervosismo e se virou para a mulher. – O detetive Stagg disse que houve alguma espécie de... incidente na biblioteca. Aparentemente, o comissário tem interesse particular no caso.

– Eu sei – disse Lydia. – Nós estávamos lá.

O Sr. Strickham olhou com surpresa para a filha.

– Você estava *o quê*? – disse ele.

Caw deu um passo à frente numa tentativa de parecer ousado.

– Nós vimos os assassinos, senhor. Eram aqueles prisioneiros foragidos.

– Tony! – suplicou a Sra. Strickham. – Esse garoto...

– Deixe-o entrar – disse o Sr. Strickham. – Parece que vocês dois têm explicações a dar.

O Sr. Strickham murmurou alguma coisa para a esposa e se virou para Caw.

– Você se importaria de esperar na sala de estar enquanto converso sozinho com Lydia? – perguntou ele.

Caw assentiu, e o Sr. Strickham o levou para outra sala enorme, essa com sofás macios e a lareira acesa. Havia um par de portas de vidro que levava a uma sacada de ferro forjado com vista para o jardim do quintal e, mais além, para a enorme silhueta da prisão. O Sr. Strickham indicou um sofá e ligou a TV, e a Sra. Strickham entrou com um copo de água. Ela o entregou para Caw sem falar nada e saiu. O Sr. Strickham mexeu no controle remoto e aumentou o som. Uma mulher estava falando sobre o preço dos combustíveis.

– Só vai demorar um minuto – disse o Sr. Strickham.

Ele saiu da sala e fechou a porta.

Caw bebeu a água e tentou clarear a cabeça. O que os prisioneiros queriam na biblioteca? Não matá-los, isso era certo. Mas o que eles fizeram com a Srta. Wallace demonstrava o quanto podiam ser cruéis. Que ligação tinham com a aranha?

E com a palavra "Quaker"?

A mulher na tela tocou a orelha, e um pedaço de papel foi entregue para ela por alguém fora da cena.

— Isso acabou de chegar — disse ela. — A polícia relata uma morte suspeita na Biblioteca Central de Blackstone. A vítima foi identificada como Srta. Josephine Wallace, bibliotecária-chefe pela última década. A polícia ainda está analisando diferentes possibilidades para o motivo, mas qualquer pessoa com informações deve entrar em contato...

Um barulho nas portas de vidro da sacada chamou a atenção de Caw. Grasnido e Penoso estavam no parapeito.

Caw foi rapidamente para as portas. Estavam trancadas, e a fechadura estava vazia. Ele colocou a boca na abertura.

— O que foi? — perguntou ele.

*Alvo está preocupado com você*, disse Grasnido. *Ele não confia nessa gente.*

— Quem? Nos Strickham? — perguntou Caw. — Ele disse isso?

*Mais ou menos*, disse Grasnido.

— Mais ou menos? — disse Caw, revirando os olhos. — Olha, sei que vocês não gostam de Lydia, mas ela está do meu lado. E acho que o pai dela também.

*É mesmo?*, perguntou Penoso. *Então por que ele trancou você?*

O sangue de Caw congelou.

— Ele... ele não fez isso.

*Tente abrir a porta então*, disse Penoso.

Caw saiu da janela, contornou o sofá e colocou os dedos na maçaneta. Quando empurrou, ela nem se mexeu.

# Capítulo 9

**C**aw empurrou com mais força para ter certeza. Um calafrio percorreu sua pele.

Ele olhou para os corvos, e Penoso inclinou a cabeça como se avisasse "Eu te disse".

Caw encostou o ouvido na porta. O barulho da televisão tornava difícil escutar.

— ... para o seu bem... — dizia o Sr. Strickham.

A voz de Lydia soou mais alta.

— Mas não teve nada a ver com Caw, eu juro!

O Sr. Strickham interrompeu.

— Você não entende. Quando tudo isso estiver esclarecido, você vai nos agradecer.

— Por favor, papai, não!

— Está decidido — disse o Sr. Strickham. — Vou ligar para o detetive Stagg. Vamos chamar uma viatura.

— Não! — disse Lydia. — Como você pôde fazer isso?

Caw olhou novamente para as portas trancadas da sacada e pulou sobre sofá até a lareira. O tampo estava cheio de enfeites. Havia três vasos pequenos, e ele os virou com pressa. Onde estava a chave? Ele foi até uma cômoda alta com porcelana e cristais. Abriu uma gaveta até a metade, revirando o interior, mas só havia papéis.

– Não, não, não... – murmurou baixinho.

Seus olhos se fixaram em uma planta. Ele correu até lá e a levantou. Nada embaixo. Mas o vaso de cerâmica azul era pesado. Pesado o bastante, sem dúvida.

Ele andou até as portas da sacada e levantou o vaso até a altura do ombro. Os corvos deviam ter percebido o seu plano, pois levantaram voo.

Caw hesitou. Seria mesmo capaz de fazer isso? Alguma coisa o espiava da parede, uma foto do Sr. Strickham apertando a mão de uma policial feminina, parecendo satisfeito consigo mesmo.

Sim, ele seria capaz.

O barulho quando o vaso bateu no vidro foi absurdamente alto, e a vidraça inteira caiu em estilhaços irregulares.

– O que foi isso? – gritou a Sra. Strickham.

Com o coração disparado, Caw atravessou o que restava das portas, colocou as duas mãos no parapeito da sacada e pulou. Caiu na grama abaixo e disparou para a cerca distante. Ao subir, viu a rua lateral que levava ao parque. À segurança. Ele olhou para trás na hora que o Sr. Strickham chegou na varanda, com o rosto irado.

– Volte aqui, você! – gritou ele.

Caw deu-lhe as costas, caiu do outro lado e, fora de vista, correu para o muro do parque.

Dois minutos depois, ele subiu pelo alçapão do ninho, ofegando pesadamente. Alvo pousou no galho de fora. Penoso e Grasnido aguardavam na plataforma, encolhidos um ao lado do outro e observando-o com cautela, como se conseguissem sentir seu humor.

Caw rastejou até a beirada do ninho e escondeu a cabeça nas mãos. Por que tinha concordado em ir para a casa de Lydia de novo? Ele devia saber que não podia baixar a guarda. E agora tinha perdido tudo. Qualquer chance de manter a nova amiga foi destruída com o vidro da porta.

*Não se preocupe*, disse Penoso. *Você tem a nós para cuidarmos de você.*

*De volta aos bons e velhos tempos*, acrescentou Grasnidos.

Caw olhou para eles e balançou a cabeça negativamente. Eles não entendiam. Não podiam.

Ele não tinha *ninguém*. Os pais de Lydia provavelmente a manteriam dentro de casa por semanas e jamais a deixariam voltar ao parque. A polícia se espalharia pela cidade procurando-o, então seria quase impossível encontrar comida com segurança.

– Não consigo acreditar que eles me traíram – disse Caw. – Por que não ouviram Lydia?

*Ela é só uma criança*, disse Penoso. *É melhor para você ficar longe daquela família.*

Caw se sentia vazio.

– Talvez você esteja certo – disse ele.

– Oi, encantador de corvos – disse uma voz de homem.

Caw quase deu um pulo no ar, amparando-se contra um lado do ninho. Os corvos ficaram enlouquecidos, berraram e bateram as asas quando a cortina no centro do ninho foi puxada de lado.

– Mas que...? – gritou Caw.

Um rosto manchado de sujeira olhou para ele. Era o homem sem-teto, o que o salvou da gangue em frente ao restaurante. Estava ali, agachado no ninho. Seus olhos azuis brilhavam de curiosidade.

95

— Saia! – gritou Caw, erguendo os punhos.

Grasnido e Penoso voaram na frente dele e abriram e fecharam os bicos.

— Não precisa se assustar – disse o homem, acertando o ar com as luvas sem dedos. – Não vim machucar você.

— Como você entrou aqui? – perguntou Caw. Ele encarou Grasnido e Penoso. – Por que vocês não me avisaram?

*Ele deve ter entrado quando estávamos na casa,* disse Penoso, soltando uma série de grasnidos hostis.

Caw franziu a testa, intrigado.

— Mas Alvo estava...

— O corvo branco sabe que estou aqui – disse o homem.

— Ele *o quê?*

— Meu parceiro, Pip, anda de olho em você. Por favor, encantador de corvos, temos muito a discutir.

— Pare de me chamar assim! Meu nome é Caw.

— É? – disse o homem, dando um sorriso estranho. – Mas você conversa com corvos, não é?

Caw respirava pesadamente.

— É – disse ele. – E daí?

— E daí mesmo! Você fala como se não fosse nada de especial. Você conhece outros que conseguem falar com animais, por acaso?

O coração de Caw estava começando a bater mais devagar.

— Não – admitiu ele.

Mas, por um momento, pensou nos prisioneiros na biblioteca. Naqueles cachorros, nas baratas e na cobra...

O homem estalou os dedos, e dois pombos pularam de trás dele.

*Saiam do nosso ninho!,* disse Grasnido.

— Conheçam meus amigos – disse o homem. – À minha esquerda está Azul. À minha direita, Lisa. Você teve sorte de ela ter visto você antes de dar de cara com aqueles garotos nos fundos do restaurante. Mais sorte do que imagina. – Os pombos gorjearam. – E meu nome é Migalha.

– Você consegue falar com eles? – perguntou Caw.

*É claro que não*, disse Grasnidos. *Pombos só entendem uma coisa. Bicar, bicar, bicar. O dia inteiro.*

– Desde o dia que meu pai morreu, ouço as vozes deles – disse Migalha. – Doze anos, mais ou menos. É um lugar legal, a propósito. – Ele empurrou a lona com os dedos. – Podia ser mais alto, mas é aconchegante.

Alvo entrou pela abertura na ponta da lona, corvejando.

*Tem alguém chegando!*, disse Penoso.

Com um salto, Migalha se agachou mais rápido do que Caw acharia possível. Silenciosamente, ele ergueu uma ponta da lona e espiou pelo canto.

Caw se aproximou da abertura e olhou. Pelo emaranhado de galhos, viu Lydia ao pé do tronco.

– Caw – chamou ela.

Migalha levou um dedo sujo aos lábios.

– Caw, você está aí em cima? Eu só quero conversar.

– Quem é ela? – sussurrou Migalha.

Um dos pombos arrulhou, e Migalha o olhou de lado.

– Da biblioteca? – perguntou ele.

O pombo balançou a cabeça e arrulhou de novo. Migalha franziu a testa.

– Por favor, Caw – disse Lydia. – Só quero pedir desculpas. Foi um mal-entendido.

A raiva de Caw se inflamou, e ele abriu o alçapão.

– Seu pai ia me entregar para a polícia!

Lydia baixou a cabeça.

– Eu sei. Ele cometeu um grande erro. Só achou que seria o melhor.

– O melhor para quem? – gritou Caw. Ele não conseguia acreditar que ela estava tentando dar desculpas. – Não para mim, com certeza.

– Posso subir? – perguntou Lydia.

*De jeito nenhum*, disse Grasnido.

*Sem chance!*, disse Penoso.

– Acho que não seria boa ideia – disse Caw. – Seus pais não confiam em mim. – Ele olhou para os outros. Penoso estava assentindo de um jeito satisfeito. – Não podemos ser amigos, Lydia – acrescentou Caw.

Cada palavra parecia errada.

Lydia ficou em silêncio por um longo momento.

– Por favor, Caw, você não entende – disse ela por fim. – Meu pai... ele não chamou a polícia. Prometeu que não chamaria. Posso subir?

*Não confie nela*, disse Penoso.

Caw olhou para Migalha.

– Eu não deixaria – disse ele. – Mas o ninho é seu.

Caw tentou pensar direito. Claro, os pais de Lydia podiam não gostar dele, mas a própria Lydia... bem, ela só tentou ser sua amiga.

Ele poderia se arrepender depois, mas não podia simplesmente parar de falar com ela.

– Suba – disse ele. – Você sabe o caminho.

– Obrigada! – disse ela, e Caw conseguiu ouvir o alívio em sua voz.

Migalha se encolheu do outro lado do ninho com os pombos quando os galhos começaram a sacudir de leve. Finalmente, Lydia apareceu no alçapão e subiu no ninho.

Quando viu Migalha, ela deu um gritinho e foi para perto de Caw.

– Quem é aquele?

– Lydia, este é Migalha – disse Caw.

Migalha desdobrou os membros compridos e esticou a mão, com unhas cobertas de sujeira. Inclinou a cabeça em uma pequena reverência.

– É um prazer conhecer você, Lydia.

Lydia olhou para a mão por uma fração de segundo antes de apertá-la.

– Você é amigo de Caw?

– Mais para conhecido – disse ele. – *Você é amiga de* Caw?

Lydia olhou intensamente para Caw.

– Espero que sim. Caw, sei que você não confia na polícia, mas talvez a gente devesse pensar em conversar com eles.

– Eu já falei, não posso – disse Caw. – Vão me levar daqui. Vão me afastar dos corvos. Do ninho. Esta é minha vida.

*Mostra pra ela!*, disse Grasnido, balançando enfaticamente o bico.

– Mas eles não vão parar de procurar você – disse Lydia. – Você vai estar nos jornais de amanhã, nos noticiários noturnos. – Os olhos dela suplicavam. – Vai ser caçado.

– Então vou embora – disse Caw com desespero. – Vou encontrar outro ninho, em outra cidade.

Penoso e Grasnido olharam para ele com surpresa.

– E como vai chegar lá? – perguntou Lydia. – Você não sabe dirigir, não pode pegar transporte público. Não percorreria nem um quilômetro sem que alguém chamasse a polícia.

Caw se encolheu. Ele sabia que ela estava certa. Além do mais, sentia saudade do parque quando se afastava por poucas horas. Ir embora de Blackstone era uma ideia ridícula.

De repente, um pombo entrou guinchando no ninho.

– O quê? – disse Migalha, com os olhos pálidos alertas.

– Onde?

Uma percepção terrível acertou Caw nas entranhas. O que Lydia estava fazendo ali? Os pais deviam estar vigiando-a como falcões.

– Como foi que seu pai deixou você sair de casa, Lydia? – perguntou Caw com ferocidade.

– Caw, desça! – chamou uma voz lá de baixo.

Os olhos de Lydia se arregalaram de choque.

– Papai? – disse ela.

Caw sentiu o coração se partindo.

– Você o *trouxe* aqui?

– Não! – disse Lydia, com o rosto pálido. – Não trouxe! Caw ficou olhando para ela, mas ela balançou a cabeça.

– Eu juro, Caw. Ele deve ter me seguido.

Caw espiou do ninho, e seu coração despencou como uma pedra. Havia policiais também, pelo menos três ao redor da árvore, além do Sr. Strickham.

– Estou vendo o garoto! – disse um dos policiais, com a mão na arma.

– Deixe isso de lado! – disse o Sr. Strickham com rispidez. – Ele é só um garoto. E minha filha está lá em cima, pelo amor de Deus.

O policial deixou a arma no coldre.

– Caw – chamou o Sr. Strickham. – Esses homens são meus amigos. Não vão machucar você, eu prometo. Podemos resolver isso juntos, mas você precisa descer.

Migalha colocou a mão no ombro de Caw.

– Essas pessoas não podem ajudar você. Os inimigos que estamos enfrentando... são do nosso tipo. São *ferinos*.

A palavra pairou no ar, carregando alguma coisa antiga, alguma coisa poderosa. Era estranhamente familiar, embora Caw tivesse certeza de nunca tê-la ouvido assim.

– Os que conversam com animais – disse Migalha. – Acredito que você já conheceu três outros, embora existam muitos mais.

– Os prisioneiros – disse Caw.

– É claro! – disse Lydia. – Os cachorros, as baratas. E aquela cobra horrenda!

– Lydia – disse o Sr. Strickham. – Querida, desça por favor.

O rosto dela se contorceu de raiva, e ela se inclinou na beirada da plataforma.

– Você mentiu para mim – gritou ela. – Disse que ia me deixar conversar com ele.

– A hora da conversa acabou! – disse o Sr. Strickham. – Desça imediatamente!

*E agora?*, perguntou Grasnido. *Resistimos até o final?*

– A polícia não é capaz de deter aqueles ferinos malévolos – disse Migalha. – Me escute, encantador de corvos. Tem outro caminho para sair daqui.

– Como? – disse Lydia, erguendo as mãos e olhando ao redor, para os confins do ninho. – Voando?

Migalha lançou um olhar para ela.

– É – disse simplesmente.

Lydia revirou os olhos, mas Migalha não estava sorrindo.

– Estou falando sério. – Ele olhou para Caw com os olhos azuis cheios de vida. – Faça com que seus corvos carreguem você.

Caw gesticulou na direção de Alvo, Grasnido e Penoso.

– Eles são só três. Não vão conseguir me levantar.

– Chame mais – disse Migalha, com um balançar frustrado de cabeça. – Vamos!

– Eu... não posso – falou Caw. – Não sei como.

Migalha o segurou com força pelo braço.

– Você já tentou? – disse ele, inclinando-se perto o bastante a ponto de Caw conseguir ver o dente lascado. Com a mão livre, Migalha soltou a lona até a metade do ninho, deixando a luz do dia entrar. – Veja e aprenda.

Migalha levantou os dois braços e assobiou. Em segundos, pontos pretos apareceram no céu de fim da tarde, ao leste. Pombos, centenas deles! Caw ficou olhando boquiaberto quando o bando atravessou o parque na direção deles, se aproximou das árvores, e eles pousaram, um a um, nos ombros e braços de Migalha.

– O que está acontecendo aí em cima? – gritou o Sr. Strickham.

Quando mais e mais pássaros chegaram, Caw viu que Lydia estava tão boquiaberta quanto ele. Era a coisa mais estranha que ele já tinha visto, mas também era familiar. Seu sonho, a noite na janela do quarto, quando os corvos foram buscá-lo. Era exatamente igual.

– De onde eles vieram? – perguntou alguém lá embaixo.

Caw espiou e viu um policial de sobretudo ao lado do Sr. Strickham, dando ordens silenciosas com as mãos para os outros policiais. Eles estavam se aproximando do pé da árvore.

– Agora tente você! – disse Migalha.

Os pombos bateram as asas e arrulharam enquanto brigavam por espaço sobre o corpo dele.

– Não vai dar certo – disse Caw, com o coração martelando o peito.

– Faça! – disse Migalha com firmeza.

Com a lona puxada, Caw ficou de pé no ninho. Lydia o observava com um brilho intenso nos olhos.

– Vai – disse ela, assentindo para dar coragem. – Você consegue. Sei que consegue.

Caw esticou os braços.

– *Ordene* que eles venham! – disse Migalha.

Caw tentou um assobio como o homem tinha feito, e seus três corvos pularam em seu braço. Pela primeira vez, nem Grasnido nem Penoso falaram. Caw viu que estavam com uma expressão estranha e vazia, quase como se um transe tivesse se abatido sobre eles. Ele fechou os olhos.

*Venham a mim!*, chamou ele. *Venham a mim!*

– Isso mesmo – disse Migalhas. – Você está conseguindo!

Caw fechou os punhos e imaginou o poder nos braços. Imaginou-se atraindo os pássaros para si. Abriu um olho e viu ao longe, acima da prisão, que pássaros tinham se reunido.

– Isso é incrível! – sussurrou Lydia.

Caw se concentrou no sentimento. E então não precisou mais imaginar, porque estava realmente acontecendo. Não só nos braços. Ele sentiu uma bola de calor na boca do estômago, crescendo e inchando até se espalhar pelos membros, até as pontas dos dedos e além. Seis corvos pousaram em seus braços, pássaros que ele tinha certeza que nunca tinha visto antes. Caw fechou os olhos de novo quando a energia tomou conta dele, fazendo-o se sentir leve, como se seu corpo pesasse pouco mais do que uma pena. Ele sentiu mais corvos, incontáveis corvos, com garras arranhando seu casaco. Cada pássaro que pousava o deixava mais forte do que antes. Mais forte e mais leve.

Caw percebeu que não conseguia mais sentir o ninho debaixo dos pés e abriu os olhos. Estava flutuando, enquanto os corvos batiam as asas em sincronia. Sua lembrança de todos aqueles anos antes, de quando estava na janela, voltou, mais fresca do que nunca. Mas isso não era a mesma coisa. Naquela ocasião, só sentiu medo e confusão. Agora, sentia-se no controle. Conseguia sentir o bater das asas dos corvos como se fosse parte dele.

— Eu me seguraria nele se fosse você — disse Migalha para Lydia.

Caw reparou que os calcanhares do encantador de pombos também não estavam mais tocando no ninho. Ele estava suspenso meio metro... não, 1 metro inteiro... acima das tábuas de madeira.

— Você está falando sério? — perguntou Lydia.

— Segure-se — disse Caw, mais seguro de suas palavras do que nunca.

Lydia passou os braços pela cintura dele. Uma parte do cérebro registrou que ninguém o abraçava assim desde que ele conseguia lembrar, mas a sensação não foi constrangedora; foi quente, poderosa. Deu a ele mais força.

— Estamos subindo! — disse o Sr. Strickham, com voz de pânico. — Se você machucar minha filha, Caw...

— Prontos para partir? — perguntou Migalha, pousando na beirada do ninho. — Quando eu contar três, nós pulamos! Confie nos pássaros, Caw, e eles não vão deixar você na mão.

*Eu confio neles*, pensou Caw.

Ele colocou os pés ao lado de Migalha na hora que a cabeça de um policial apareceu no alçapão.

— Um...

O policial se virou para eles, e seu queixo caiu. Cem corvos guincharam e grasniram em protesto.

— Andem! — disse Lydia. — Rápido!

– Dois...

Caw olhou para baixo, por entre os galhos. A queda os mataria, sem dúvida. Mas ele não cairia. Não podia.

– Três! – disse Migalha.

O policial deu um pulo quando Caw deu um passo para o nada.

# Capítulo 10

Um grito rasgou o ar, e Caw percebeu que era seu. Estava despencando. Os braços de Lydia afundaram em seu corpo.

Mas, de repente, eles não estavam mais caindo. As pernas de Caw pedalaram no ar e seu estômago voltou a se acomodar no lugar. Uma arma foi disparada com um estalo, e ele ouviu o som suave de uma bala atingindo madeira.

– Cessar fogo! – gritou o Sr. Strickham. – Lydia!

Caw viu os galhos da árvore se distanciando abaixo deles em um ritmo nauseante enquanto o pai de Lydia e os policiais olhavam para cima, atônitos. A cada metro que os corvos subiam, Caw se sentia menor, com o corpo mais frágil.

– Isso não pode estar acontecendo! – murmurou Lydia, agarrando-se a ele com força.

Caw olhou para o lado e viu Migalha pendurado nos pombos. Ele devia pesar o dobro de Caw, mas os pombos pareciam não ter dificuldade para carregá-lo . Eles se viraram ao mesmo tempo e voaram na direção do portão do parque, com Migalha pendurado como um espantalho maltrapilho. Atrás de Caw, a polícia se transformou em pontos quando o lago passou abaixo, redondo como uma moeda de cobre suja.

106

Uma gargalhada de puro prazer escapou de seus lábios.

– Caw, não consigo acreditar nisso – disse Lydia, sem fôlego de tanta empolgação.

As batidas das asas dos corvos eram delicadas e constantes. Conforme o medo de Caw ia evaporando, ele conseguiu sentir os batimentos disparados diminuindo e acompanhando o ritmo delas. Lydia estava certa, isso *não podia* estar acontecendo. Desafiava todas as leis da física e da gravidade. Era... *magia*.

Eles ganharam velocidade, e o vento soprava em seus corpos. Eles atravessaram a linha de trem, voaram acima de fábricas esfumaçantes e passaram pela curva norte do Blackwater. Do céu, o rio parecia uma cobra serpenteando pela cidade. Alguns barcos marcavam a superfície escura com rastros brancos. Caw admirou maravilhado a vastidão da cidade reduzida a uma grade de ruas e uma colcha de retalhos de telhados. Viu a biblioteca, pequena o bastante para esticar a mão e arrancá-la do chão. Depois dela, os limites da cidade apareceram, fronteiras que ele nunca imaginou que veria. Pastos bege e verdes se espalhavam por todo o horizonte, intercalados com áreas enormes de floresta escura.

Lydia se agarrava a Caw, os pés apoiados nos dele. O cabelo batia no rosto, e ela olhou para ele sorrindo, embora os lábios estivessem azuis de frio. Ele sentiu uma onda de culpa. Nunca devia ter duvidado dela.

Os pombos de Migalha seguiram para oeste, na direção do sol poente, e voaram mais baixo. Caw mandou em pensamento que os corvos fizessem o mesmo, e eles fizeram, acertando as asas e deslizando no ar. O sol aquecia o rosto dele, e o vento soprava seu cabelo. Eles atravessaram o Blackwater de novo, e ele viu um trem sobre a ponte ferroviária. Estavam alto demais para ouvirem o rugir trovejante dos motores.

Estavam seguindo para uma igreja, ele percebeu, com a torre apontando para o céu crepuscular como uma adaga. A construção era cercada de prédios baixos em ruínas. Eles voaram baixo por cima de um estacionamento e seguiram para a porta da igreja.

O chão foi se aproximando, e Caw sentiu um pânico repentino. Alguns dos corvos soltaram, e ele baixou vários metros enquanto os restantes se ajustavam para sustentar o peso. Encolheu as pernas por instinto. Mas os corvos desceram ao mesmo tempo e viraram as asas. Um metro acima do chão, as garras o soltaram.

Lydia gritou quando seus braços se soltaram. Ela bateu no chão e rolou, até que Caw a perdeu de vista. Desequilibrado, encolheu os ombros e caiu de lado, a dor atacando os membros.

Quando parou, machucado e trêmulo, viu os corvos se espalhando pelo céu como flocos de cinzas ao vento. Todos exceto Alvo, Penoso e Grasnido.

— Obrigado — sussurrou Caw.

Migalha pousou na frente deles delicadamente. Pegou um punhado de sementes no bolso e espalhou no chão, deixando os pombos em um frenesi de bicadas. Era difícil imaginar que poucos momentos antes eles carregavam um homem adulto no ar. Migalha deu um sorriso malicioso.

— Eu devia ter avisado que o pouso é difícil de dominar.

Lydia foi a primeira a se levantar e ajudou Caw a ficar de pé.

— Bem, isso foi diferente — disse ela.

Caw assentiu e ficou olhando para Alvo, Grasnido e Penoso.

— Também estou aprendendo algumas coisas — disse ele baixinho.

– Bem-vindos a *chez* Migalha – disse Migalha, indicando a construção grandiosa. – Ou a igreja de São Francisco, como já foi conhecida.

– Você *mora* aqui? – perguntou Lydia.

A igreja talvez já tivesse sido majestosa, como muitas outras em Blackstone, mas obviamente tinha sido danificada em um incêndio. As pedras tinham grandes porções enegrecidas, e metade das telhas havia caído, deixando a madeira queimada à mercê do clima como uma caixa torácica exposta. Fez Caw pensar em uma criatura em decomposição, comida por carniceiros.

– Não podemos todos ter camas de penas e água corrente – argumentou Migalha, com lábios descendo de repente antes de o sorriso se reafirmar. – Entrem.

Os pombos levantaram voo, passaram pelo buraco no teto e pousaram nas vigas altas.

– Não precisamos nos preocupar com segurança por aqui – disse Migalha ao abrir as portas com as duas mãos.

Caw e Lydia o seguiram.

Por dentro, a igreja estava em ruínas; as pedras todas pichadas; e nenhuma das janelas imundas, intacta. O cheiro era de umidade e esquecimento, com alguma coisa mais pungente no ar que grudava no fundo da garganta de Caw. Havia bancos virados e espalhados no chão. Já houvera uma cruz na parede do fundo da igreja, mas agora só havia uma área mais clara de pedra. Caw se perguntou se tinha sido retirada quando a construção pegou fogo ou se só fora roubada.

Subindo dois degraus de cada vez com seus passos largos, Migalha os levou por uma escada estreita de pedra em espiral. Lydia foi atrás de Caw, com as garras dos corvos raspando a pedra, subindo atrás. Uma brisa fria soprava.

– Esse bairro todo foi atingido por incêndios durante o Verão Sombrio – disse Migalha. – A cidade não tinha dinheiro para reconstruí-lo, e a área foi praticamente abandonada. Uma porta baixa no topo da escada levava a outro andar na parte de trás da igreja. O piso tinha se soltado em algumas partes e deixava o caibro à mostra embaixo das tábuas. Mais pombos se reuniam na extremidade, ao redor do que pareciam ser brasas acesas em uma lata velha. O garoto com cabelo louro sujo, que Caw havia visto com Migalha antes, estava sentado ali e mexia alguma coisa em uma panela. Ele ergueu o rosto e abriu um sorriso quando eles se aproximaram.

– Como está o jantar, Pip? – perguntou Migalha.

– Quem é ela? – perguntou Pip, indicando Lydia.

– Meu *nome* é Lydia – disse ela. – E quem é você?

Pip a ignorou e se virou para a panela.

– Você demorou – disse ele.

Migalha atravessou o piso de madeira.

– Não precisa ser grosseiro com nossos convidados – disse ele. – Tivemos um incidente com a polícia. Precisamos fazer uma fuga aérea.

– Eles viram vocês? – perguntou Pip, lançando um olhar urgente.

– Infelizmente, sim – disse Migalha. – Não tivemos muita escolha. – Ele olhou para Caw e Lydia. – Estão com fome? Pip está cozinhando a especialidade dele, sopa de abóbora.

Caw estava prestes a segui-los quando reparou que Lydia olhava por uma janela quebrada com expressão de preocupação no rosto.

– Você está bem? – perguntou ele.

– Ah, sim. Estou. – Ela fez uma pequena pausa. – Eu só estava pensando nos meus pais. É capaz de eles me botarem de castigo para sempre por causa disso.

Caw olhou para o chão.

– Se você quiser, posso encontrar um jeito de levar você de volta...

– Não! – interrompeu Lydia. – Acabei de ser carregada pela cidade por um bando de pássaros. *Pássaros*. Não vou voltar para casa enquanto não souber de tudo.

Sem mais uma palavra, Lydia foi rapidamente atrás de Migalha. Caw também.

Eles se sentaram no chão ao redor do braseiro. O sol se encontrava bem baixo no céu, e Migalha andou com uma caixa de fósforos, acendendo algumas velas dentro de garrafas velhas de vinho.

– Então você é um *ferino* – disse Lydia, olhando primeiro para Migalha e depois para Caw. – Vocês dois são!

Migalha segurou o fósforo na frente do rosto, e suas feições foram marcadas pelas sombras e pela luz alaranjada. Seus olhos por um momento pareceram bem mais velhos do que o resto dele. Ele soprou o fósforo.

– Sim – disse ele. – E o Pip aqui.

Migalha segurou as canecas lascadas enquanto Pip servia a sopa com uma concha. Vapor subia delas, e uma brisa soprou a fumaça cinzenta pelo teto. As estrelas apareciam lá fora, e tudo estava em silêncio, fora um ocasional arrulhar de pombo. Caw tomou a sopa deliciosa e espessa quando Migalha começou a falar.

– Blackstone não é uma cidade normal, sabe. Tem alguma coisa de especial nela. Ninguém sabe o que exatamente, mas o fato é que este lugar atrai gente como nós. Antes havia mais ferinos aqui, os que têm o dom de conversar com animais. Agora, só restam uns poucos.

Caw sentiu como se tivesse esperado a vida toda para ouvir isso.

— Então Caw é um ferino de pássaros? — disse Lydia, inclinando-se para a frente.

— Só de corvos — disse Migalha, disparando um olhar firme para ela. — Os pombos são meus. — O tom dele ficou mais suave. — Mas nem sempre são pássaros...

Pip estalou os dedos, e dois ratos colocaram os focinhos trêmulos para fora do bolso do casaco dele.

— Que legal! — disse Lydia.

Pip corou.

— Pode fazer carinho neles — disse ele. — Esses dois não mordem.

Lydia esticou a mão na direção deles, e os ratos guincharam de alegria.

— Então Mandíbula, Mamba e Rasteiro... eles também são ferinos — disse Caw.

— E poderosos — disse Migalha com expressão sombria. — E maus.

Ele virou o resto da sopa na boca. Quando colocou a caneca no chão, Caw viu algumas gotas na barba dele. Migalha limpou o queixo com a manga.

— Onde estão os outros? — perguntou Caw.

— Pela cidade toda — disse Migalha. — Sei de alguns; de outros, não. Muito, muito tempo atrás, as pessoas normais sabiam tudo sobre os ferinos. Nos deixavam viver em paz, em harmonia com o mundo natural. Mas as coisas mudaram. Começou com acusações de feitiçaria e bruxaria. Alguns ferinos foram destruídos. Outros se esconderam, mas alguns resistiram, o que só tornou o problema pior. Muitas linhagens de ferinos foram... extirpadas. Depois disso, os sobreviventes aprenderam a manter os poderes em segredo. O dom se tornou uma maldição.

— *"Linhagens"* de ferinos — disse Caw. — O que você quer dizer?

Migalha se serviu de mais sopa de abóbora.

— Os poderes de um ferino vêm da mãe ou do pai — disse ele. — Quando o pai ou mãe ferina morre, o dom é passado para o filho mais velho.

O local pareceu ficar mais escuro. A mente de Caw girou e depois entrou em foco.

— Então um dos meus pais...

Migalha inclinou a cabeça.

— Você não sabe mesmo?

— O quê?

Depois de uma pausa, Migalha falou de novo.

— Era sua mãe. Ela era a encantadora de corvos antes de você.

Caw esperou as palavras serem absorvidas. Se o que Migalha dizia era verdade, só podia significar uma coisa.

— Mas eu tenho os poderes agora, então ela deve estar...

Migalha e Pip trocaram um olhar. Então Migalha assentiu solenemente e colocou a mão no ombro de Caw.

— Sinto muito. Sua mãe morreu muito tempo atrás. Eu pensei que você soubesse.

Caw olhou para a caneca nas mãos para que eles não pudessem ver as lágrimas que enchiam seus olhos.

— Acho que eu sabia...

Mas ele sempre teve esperanças, durante todos aqueles anos, que um dia ela apareceria para buscá-lo.

– Ela foi uma mulher corajosa – disse Migalha. – Impressionante.

O coração de Caw deu um pulo.

– Você a conhecia?

Migalha balançou a cabeça.

– Não, mas eu a vi algumas poucas vezes. Quando era jovem. Não tive coragem nem de dizer "oi".

Perguntas surgiram na mente de Caw. Ele encarou seus corvos. Só Alvo estava olhando para ele, cego e direto ao mesmo tempo. Grasnido e Penoso tinham desviado o olhar.

– Vocês também sabiam, não sabiam? – disse ele baixinho para os corvos.

De repente, fez sentido: os corvos carregando-o para longe na lembrança dele. Sua mãe mandou que fizessem aquilo, assim como ele mandou que fizessem pouco tempo atrás.

– Vocês *tinham* que saber – repetiu ele, mais alto.

Não conseguia mais impedir as lágrimas de escorrerem. Lydia olhou para ele com tristeza.

Por fim, Penoso ergueu o bico.

*Nós ouvimos*, disse ele. *A história foi passada para nós. Anos se passaram também. Nunca pareceu chegar a hora certa de contar para você. Estávamos indo bem, e você estava em segurança.*

– Mas... – Caw fungou e lutou contra as lágrimas. – Mas vocês podiam ter me contado. Esse tempo todo, eu nunca entendi. Eu achava que eles tinham me *abandonado*, Penoso.

*Eles mandaram você embora para sua própria segurança*, disse Penoso. Ele *foi atrás deles.*

O aposento pareceu de repente dez graus mais frio. Uma imagem ardeu, ousada e apavorante, nas beiradas da mente dele. Um corpo marcado com um M e oito pernas rastejantes...

– O ferino das aranhas – disse ele.

Foi a vez de Migalha parecer surpreso.

– Como você...?

– Ele estava em um sonho que tenho – disse Caw. – Acho que teve alguma coisa a ver com a morte da Srta. Wallace também.

Ele engoliu em seco, sentindo-se enjoado de tanta culpa.

– A mulher da biblioteca? – perguntou Migalha.

Caw contou a Migalha o que viu: a pichação perto da saída de incêndio e a teia sobre a boca da bibliotecária.

O rosto de Migalha ficou pálido por baixo de toda a sujeira. Caw reparou que Pip estava tremendo.

– Mandíbula e os outros – disse Migalha. – Eram seguidores dele quando ele estava vivo. Mas pintar sua marca agora...

– O que eles querem? – perguntou Lydia.

Migalha se remexeu um pouco.

– Ferinos bons trabalham em harmonia com seus animais – disse ele –, mas os maus forçam sua vontade. O ferino das aranhas era o pior. Ele se autodenominava de Mestre da Seda.

Alguma coisa se encaixou no cérebro de Caw quando ele ouviu o nome. Lydia na biblioteca, fazendo um desenho da aranha. Ela disse que o corpo da aranha tinha formato de S e, no meio, havia a forma de M pontudo. *O Mestre da Seda.*

Caw tremeu.

– Nos conte tudo.

Migalha prosseguiu.

– O Mestre da Seda não ficou satisfeito de ficar escondido entre os humanos normais. Ele queria poder. Assim, reuniu outros ferinos renegados e tentou tomar a cidade. Foi há oito anos.

– O Verão Sombrio! – disse Lydia.

Migalha tremeu visivelmente.

– Eu não era muito mais velho do que vocês são agora. Ele fez de sua missão encontrar todos os ferinos bons e... acabar com eles. E quase conseguiu. Talvez sua mãe tenha desconfiado que ele estivesse indo atrás dela. Se o Mestre da Seda tivesse descoberto sobre sua existência, teria matado você também.

– E meu pai? – perguntou Caw.

– Ele foi encontrado com ela – disse Migalha. – Ficou com ela e... e pagou o preço.

– Ah, Caw – disse Lydia, sussurrando. – Sinto muito.

Ela colocou a mão na dele e apertou com força.

Caw se sentiu completamente esgotado. A esperança de que seus pais estivessem vivos foi apagada de vez. Cada revelação jogava mais luz dolorosa no passado. De repente, os pais dele não eram apenas figuras vagas imaginadas em um sonho, rostos sumindo até virarem nada enquanto os corvos o levavam. Eram pessoas reais que o amaram e que se sacrificaram para salvá-lo. O coração de Caw parecia prestes a explodir.

– Os livros de história dizem que o Verão Sombrio acabou abruptamente – prosseguiu Migalha. – A verdade é que o Mestre da Seda morreu. Foi o que pôs fim ao derramamento de sangue. – Ele se sentou mais ereto de repente, e seu rosto se endureceu enquanto observava o fogo do braseiro. – Lutamos com tudo que tínhamos, os que restaram, e finalmente um de nós o matou. Usamos toda nossa força, e muitos morreram.

Os olhos dele pareciam enxergar através das chamas.

– É claro que as autoridades em Blackstone só chamaram isso de uma onda criminosa. Botaram a culpa na histeria coletiva. Sem o líder para guiá-los, os seguidores do Mestre da Seda ficaram descuidados. A polícia de Blackstone conseguiu pegar muitos deles. Outros fugiram e se esconderam. A paz voltou, até agora...

– Espere um minuto – disse Lydia. – Você disse que os ferinos bons *mataram* o Mestre da Seda. Mas por que os seguidores ainda estão usando o símbolo dele? E a pichação? O que isso tudo quer dizer?

– Ele *está* morto, não está? – perguntou Pip.

De repente, ele pareceu mesmo muito novo.

– Ah, ele está morto – respondeu Migalha –, mas...

– Mas o quê? – perguntou Lydia.

Ao seu lado, Caw viu Alvo parecendo agitado, eriçando as penas.

– Eu também vi o símbolo do Mestre da Seda – disse Migalha. – Rabiscado em um banco do parque. Pintado em um capô de carro. Pichado no muro de um armazém perto do rio. Seus seguidores devem estar se reunindo de novo. Foi por isso que nos esbarramos nos fundos daquele restaurante, Caw. Nós estamos observando a cidade, tomando conta para ver se nossos velhos amigos estão em segurança. Agora, tenho certeza de que não estão, nenhum de nós está.

– Ele fez uma pausa. – Tive sonhos estranhos, como você, Caw. Sonhos com aranhas. Não sei bem por quê.

Caw sentiu que ele não estava contando alguma coisa, e era uma coisa importante.

– Mas você tem uma teoria, não tem?

Migalha se levantou e se afastou do braseiro, sua silhueta contra o céu estrelado. Ele ficou na beirada do piso e olhou para seus pombos, perdido em pensamentos. Depois de meio minuto de silêncio, se virou de novo para os outros.

— Não é tão simples quanto parece... a vida e a morte.

— É, sim — disse Lydia. — Ou você está vivo ou está morto.

Ela olhou para Caw, com o rosto escondido pelas sombras do braseiro. Os olhos dela brilhavam de medo.

— Talvez — disse Migalha. — Espero que sim.

Caw pensou nos pais, mortos pelo Mestre da Seda e seus seguidores. A raiva inundou o seu corpo. Se ele não podia se vingar do ferino das aranhas, Mandíbula, Rasteiro e Mamba ainda estavam por aí. Eles tinham que pagar.

— Precisamos impedi-los! — disse ele. — Temos que lutar.

— O lugar deles é na prisão — disse Lydia.

Pip riu e quebrou o clima. O ferino dos ratos colocou a mão sobre a boca.

— O que é tão engraçado? — perguntou Caw.

— Nada — disse Pip. — Só que... bem, você não tem chance.

— Está querendo dizer o quê?

Caw odiou o sorrisinho no rosto jovem do garoto.

— Pip... — disse Migalha em tom de alerta.

— Não. — A inflexão na voz de Pip era desafiadora. — Eu ando observando você, Caw. Você se esconde no parque e quase não consegue o bastante para se alimentar. Quase nunca ousa descer daquele ninho. Mora com três corvos maltrapilhos...

*Ei!*, grasnaram Grasnido e Penoso.

— Sou mais forte do que você pensa — disse Caw, de pé acima de Pip.

– Pip está certo – disse Migalha. – Você não consegue controlar seus poderes.

– Eu salvei Lydia e o pai dela – disse Caw. – Mandíbula ia matar os dois!

– E os corvos dele nos livraram da polícia na biblioteca – disse Lydia.

Migalha assentiu.

– Você tem coragem, preciso admitir – concedeu ele. – Mas contra outros ferinos e os animais deles todos? E se Mandíbula estivesse com uma matilha inteira de cachorros? Ou se Mamba chamasse dez cobras em vez de uma? Você tem sorte de termos salvado sua vida. Nossa melhor aposta agora é ficarmos escondidos.

Caw se lembrou do pavor na biblioteca, quando estava preso por um cachorro monstruoso e completamente indefeso. Sentiu sua confiança diminuindo.

– Você está certo – disse ele.

– Não, não está – disse Lydia com firmeza. – Você espantou a cobra da minha casa. Não desista.

Migalha inclinou a cabeça e olhou para Lydia com a testa franzida.

– Você me lembra de alguém que conheci – disse ele. – Uma pessoa muito corajosa mesmo.

– Aposto que ele não desistiu, não foi? – disse Lydia.

Migalha balançou a cabeça.

– Não, *ela* não desistiu.

O encorajamento de Lydia acendeu o coração de Caw.

– Bem, vamos lutar então – disse ele. – Chamei um bando inteiro hoje. Posso aprender.

– Não rápido o bastante – disse Migalha. – Eles matariam você, Caw. Como fizeram com sua mãe.

As palavras cortaram fundo.

– Me deixe tentar!

Migalha e Pip se entreolharam, e o menor deu de ombros.

– Escute – disse Migalha. – Me deixe mostrar o que você vai enfrentar. Você e eu vamos duelar, fazer uma competição de poderes. Já tenho 12 anos de treino e não teria a menor chance contra Mandíbula, Rasteiro ou Mamba. Depois que você ver como eu te venço fácil, talvez reconsidere.

– Um duelo? – perguntou Caw.

– Isso vai ser engraçado – disse Pip.

Caw torceu os lábios em um rosnado. *Estão rindo de mim*, pensou ele.

– Você consegue! – disse Lydia, dando um tapa forte no ombro dele.

Caw sentiu o olhar cego de Alvo no rosto e, naquele momento, soube que não recuaria mais.

– Conte comigo – disse ele.

# Capítulo 11

Caw ficou de costas para a porta, olhando para o corredor central da igreja.

*Tem certeza disso?*, perguntou Grasnido. Os corvos estavam empoleirados em um banco ali perto.

— Não — murmurou Caw —, mas preciso tentar.

Migalha estava na frente da igreja, debaixo do contorno branco da cruz desaparecida. Estava sentado na mesa vazia do altar, as pernas balançando na lateral.

— Pronto? — perguntou o encantador de pombos.

— Vamos lá, Caw! — gritou Lydia da galeria acima.

— Dê uma lição nele, Migalha — gritou Pip ao lado dela.

— Estou pronto — disse Caw.

Migalha assobiou como fez no ninho, e houve um ruído de asas batidas quando centenas de pombos desceram das vigas do telhado e pousaram ao redor dos pés dele.

*Ah, isso foi impressionante*, disse Penoso, inclinando a cabeça.

*Não posso olhar*, disse Grasnido, protegendo os olhos debaixo de uma asa.

Caw esticou os braços e mandou os corvos se aproximarem. Sentiu o mesmo calor crescendo na boca do estômago que experimentara antes. Era capaz de fazer isso.

Migalha esticou o braço esquerdo, e todos os pombos daquele lado voaram ao mesmo tempo, com asas estalando como chicotes. Foram direto para Caw.

A concentração de Caw se desfez em pânico.

— Faça com que parem! — berrou ele.

*Jerônimo!*, gritou Grasnido.

Os três corvos levantaram voo, mas os pombos os rodearam em segundos. Em meio à confusão de penas e gritos, Alvo, Grasnido e Penoso foram completamente dominados. Os pombos os empurraram para o chão, e a gargalhada aguda de Pip preencheu a nave.

— Isso não é justo! — disse Lydia. — Caw não teve tempo de chamar os corvos.

Migalha ainda estava sentado na mesa do altar, parecendo mesmo muito relaxado.

— Você acha que os seguidores do Mestre da Seda vão dar tempo a Caw? — disse ele. — Você tem sorte de serem só alguns pombos simpáticos. Os cachorros de Migalha teriam partido aqueles três corvos em pedaços.

Os corvos continuaram a lutar inutilmente contra o peso dos pombos. Caw tinha vontade de correr e chutar os pássaros malditos, mas sabia que seria o mesmo que desistir. Em vez disso, se obrigou a se concentrar, a atrair os corvos para si mais uma vez.

— Me desculpe por isso — disse Migalha, pulando da mesa e esfregando as mãos, como se a luta tivesse acabado. — Mas agora você consegue ver...

Caw sentiu o poder preenchendo suas entranhas. Sentiu os corvos se reunindo. *Eles estão vindo*, pensou ele com um sorriso.

A porta se abriu com um estrondo, e Caw sentiu uma onda de triunfo pelo choque no rosto de Migalha. O ferino mais velho levou um susto enquanto dezenas de formas pretas passavam por Caw direto para o tapete de pombos. Caw esperou até que chegassem lá e lançou os braços na direção de Migalha. Os corvos desviaram em uma onda negra para atacar o encantador de pombos, com asas batendo com força.

– Vai, Caw! – gritou Lydia.

– Cuidado! – disse Pip.

Migalha bateu uma palma contra outra, e os pombos que restaram voaram em formação fechada ziguezagueando na frente dele. Migalha desapareceu completamente em uma cortina cinza.

O ataque de corvos abriu o mar de pombos bem ao meio, espalhando-os em todas as direções.

E os pombos caíram todos ao mesmo tempo no chão.

Migalha tinha desaparecido.

– O quê? – disse Caw.

– É só um truque do ramo – explicou Migalha em seu ouvido.

Caw se virou e deu de cara com o encantador de pombos de pé no banco ao lado dele.

– Como você fez isso?

– Um pouco de ilusão de ótica pode ser muito útil – disse Migalha.

Ele abriu o casaco, e 12 pombos saíram de dentro. Eles voaram para cima de Caw, bicando e arranhando, empurrando-o ao longo do banco até ele bater na parede de pedra e não conseguir se afastar mais. Os gritos eram tão agudos que ele lutou para conseguir pensar. Seus braços se moveram quando ele tentou cobrir o rosto e afastá-los, mas havia muitos. Ele queria chamar seus corvos, mas não conseguia nem abrir os olhos para procurá-los. O mundo tinha encolhido e virado asas batendo e pássaros gritando e arranhões ardidos onde havia pele exposta.

— Por favor... — gritou ele. — Faça com que parem!

Em um piscar de olhos, o ataque de pombos parou. Caw caiu contra a parede, e os pombos voaram para as vigas. Os outros corvos tinham sumido e só restaram seus três fiéis companheiros empoleirados no banco, parecendo desgrenhados, mas sem ferimentos.

— U-hu! — gritou Pip. — Migalha venceu!

Migalha se aproximou e ofereceu a mão a Caw.

— Me perdoe — disse ele. — Eu não devia ter começado a me exibir.

Caw mal conseguia olhar o encantador de pombos nos olhos, mas se deixou ser erguido. As mãos e antebraços estavam sangrando, mas nenhum dos arranhões era fundo.

*Boa tentativa, Caw*, disse Grasnido.

*Nota dez pelo esforço*, acrescentou Penoso, com um toque de sarcasmo.

Grasnido empurrou o corvo mais velho.

*Ele se esforçou.*

Caw riu com deboche.

— Mas meu esforço não chegou nem perto de ser bom — lamentou ele.

Ao erguer o rosto, viu Lydia com os olhos cheios de compaixão.

— Não chegou mesmo — disse Migalha, sem rodeios. — Se você fosse lutar contra os seguidores do Mestre da Seda agora, estaria morto, assim como seus corvos, e sua linhagem ferina deixaria de existir.

Caw olhou para Grasnido, Alvo e Penoso. Percebeu que eles morreriam por ele, mas eram só três pássaros. E por maior que fosse a quantidade que ele conseguisse reunir hoje, ainda não era o bastante.

– Como você chama tantos? – perguntou ele a Migalha.

– Força de vontade – disse o encantador de pombos. – E muita prática. Sou ferino há bem mais tempo que você e sempre soube das ameaças que sofremos.

– Então me ensine – pediu Caw.

– Demoraria meses – disse Migalha. – Não, *anos* de treinamento intenso. Não temos tempo.

– Posso aprender rápido – disse Caw, tentando aparentar mais confiança do que sentia.

Migalha sorriu.

– Mesmo que conseguisse, você não é lutador, Caw. As pessoas com quem lutaríamos, elas são brutais. Não têm misericórdia.

Lydia e Pip se juntaram a eles no pé da escada. Os lábios de Lydia estavam apertados em uma linha determinada.

– Não podemos desistir – disse Caw. – Não podemos simplesmente nos esconder!

– Não podemos? – disse Migalha. – Fique aqui conosco. Estaremos em segurança.

– Eles vão nos encontrar – Lydia disse para Migalha endurecendo a voz.

Por um momento, pareceu a Caw que ela era a adulta e Migalha a criança.

– E como você sabe disso? – perguntou Migalha na defensiva. – Pip e eu nunca fomos incomodados aqui antes.

Lydia bufou.

– Talvez seja porque ninguém *procurava por* você antes. Eles são três agora. E, quem sabe, talvez se juntem a outros. Você pode conseguir se esconder por um tempo, mas só vai precisar de um escorregão para que eles ataquem.

O silêncio se espalhou pela igreja. Caw se sentiu totalmente impotente.

– Já houve histórias – murmurou Migalha. – Histórias de ferinos tão poderosos que conseguiam *se transformar* nos animais que controlavam.

– Só histórias? – perguntou Caw.

– Bem, jamais conheci um – disse Migalha. – Estou em treinamento desde que tinha 15 anos e não cheguei nem perto.

– Talvez você só não saiba como – argumentou Lydia, erguendo o queixo em desafio.

– Escute, você! – devolveu Migalha, com o rosto vermelho de raiva. – Você não sabe nada sobre isso. Não perdeu amigos e entes queridos, nem criaturas tão amadas como se fossem da família.

– Na verdade, perdi – confessou Lydia. Por um momento, ela deixou a expressão ousada de lado. – A cobra de Mamba matou meu cachorro Benjy. Ele era meu melhor amigo no mundo todo.

Migalha ficou olhando para ela, e sua expressão se suavizou.

– Lamento ouvir isso – disse ele baixinho. – Mas a questão permanece. Não temos esperança desta vez.

– Temos ao menos que tentar – disse Caw.

– E morrer? – disse Pip. – Qual é o sentido disso?

– Vamos morrer de qualquer jeito se eles nos caçarem – disse Caw.

– E eles sabem onde eu moro – interrompeu Lydia. – Sabem onde minha *família* mora.

– É verdade – disse Caw. – Se vocês não vão nos ajudar, Lydia e eu lutaremos contra eles sozinhos.

*Nós também!*, disse Grasnido, pulando nas costas do banco.

*Também?*, perguntou Penoso, olhando para ele de lado. Ele balançou as asas. *Acho que temos que ir.*

Caw agarrou a mão de Lydia e andou na direção da porta.

– Veja só! – gritou Pip atrás deles. – O garoto que nem consegue controlar direito três corvos. Agora você está falando como se fosse Felix Quaker, com vidas de sobra!

Caw ficou paralisado. *Quaker.* Ele sentiu Lydia apertar sua mão.

– Quem é Felix Quaker? – perguntou ele, virando-se.

Migalha deu de ombros.

– O ferino dos gatos – disse ele. – Dizem que tem nove vidas e mais de duzentos anos.

Caw olhou para Lydia.

– Precisamos falar com ele.

Migalha balançou a cabeça.

– Você não vai conseguir ajuda com o velho Quaker. Ele não é exatamente sociável. Ficou afastado durante o Verão Sombrio, se trancou em sua mansão e se recusou a tomar partido.

– Mas ele está em Blackstone? – perguntou Caw.

– Está – disse Migalha. – Ele mora na Mansão Gort. É uma casa grande em Herrick Hill, com torres e, muro e tudo. Coleciona qualquer coisa relacionada a histórias de ferinos. Souvenires, livros, todo tipo de lixo. E sabe mais história de ferinos do que a maioria das pessoas consegue lembrar.

— Sei onde é! – disse Lydia. – Todo mundo diz que o cara que mora lá é maluco.

— Não está longe da verdade, se você quer saber minha opinião – disse Migalha.

— Mas talvez ele possa nos ajudar – disse Caw, ansioso.

— Ele não é fã de visitas – disse Migalha, balançando a cabeça. – É melhor você se concentrar nas suas habilidades e aprender a se defender e a não ser capturado.

Lydia observava Caw com a testa ligeiramente franzida. Ele sabia o que ela estava pensando: *Por que você não está contando a ele sobre o bilhete da Srta. Wallace?*

Ele deu de ombros para ela com esperança de que Migalha não reparasse. Por que deveria contar *tudo* ao encantador de pombos? Era verdade que Migalha lhes tinha dado abrigo, mas não passava disso. Caw tinha certeza de que havia mais respostas com esse ferino dos gatos, escondido no morro acima do rio. Estava cansado de surpresas e cansado de gente dizendo para ele o que fazer. Queria estar no comando, para variar.

Migalha suspirou.

— Olha só, por que vocês não passam a noite aqui? Fiquem escondidos até de manhã, depois podemos conversar de novo.

Caw concordou. Mas, secretamente, já estava fazendo outros planos.

*Caw está sonhando.*

*É o mesmo sonho de antes, só que agora ele está olhando o estranho alto e pálido bater na aldrava da casa dos pais. O luar se reflete no anel de aranha.*

— *Não abram – grita Caw, mas nenhum som sai de seus lábios.*

*A porta se abre por vontade própria.*

*Foi para longe desse horror que seus corvos o carregaram.*

*Mas agora, pela primeira vez, eles o levam para dentro, atrás do estranho.*

*Atrás do Mestre da Seda.*

*A porta bate atrás deles.*

*Caw vê os pais de pé lado a lado em frente à mesa de jantar. Duas taças de vinho pela metade estão sobre ela. Um único corvo está pousado aos pés deles. A mãe de Caw olha para o Mestre da Seda sem se encolher, com as dobras do vestido preto balançando ao redor do corpo como as asas de um corvo, como se ela controlasse o próprio ar ao redor.*

*– Saia da minha casa – ordena ela entre dentes. Caw consegue ver suor brilhando em sua testa, como se ela estivesse fazendo esforço. – Não vou dizer onde está.*

*O corvo eriça as penas em concordância.*

*– Não se aproxime mais! – grita o pai de Caw.*

*Ele está de pé ao lado da mulher, empunhando um atiçador da lareira.*

*O Mestre da Seda apenas sorri.*

*– E o que você está planejando fazer com isso? – pergunta ele, a voz como seda passada sobre pedras. Ele indica o atiçador.*

*A mãe de Caw olha para o marido.*

*– Por favor, você tem que sair daqui. Agora. Não tem nada a ver com você.*

*– Não vou te abandonar – afirma ele.*

*– Posso lidar com esse monstro – garante a mãe de Caw, os olhos grudados no Mestre da Seda. Mas sua voz parece cansada.*

*– Acho que não – refuta o Mestre da Seda. – Não sem seus corvos.*

*Horrorizado, Caw vê que as janelas estão cobertas de gaze pálida; são teias de aranha. Ao prestar mais atenção, consegue ouvir as asas batendo e os gritos desesperados de centenas de corvos tentando abrir caminho.*

*– Se você não vai me contar o que quero saber, não tem mais utilidade para mim, encantadora de corvos.*

*A mãe de Caw fraqueja, com o vestido caindo frouxo ao redor do corpo. Ela se vira para o marido e pede:*

*– Fuja, querido. Por favor, apenas fuja.*

*– Não – diz o pai de Caw, segurando a mão dela. – Nunca.*

*– Como quiser – diz o Mestre da Seda. – Vocês podem morrer juntos.*

*Ele levanta a mão, e o aposento escurece como se ele tivesse diminuído as luzes.*

*Nos cantos, sombras começam a rastejar. Não sombras; aranhas. Centenas delas. Elas saem do teto também e descem pelas paredes como cortinas negras que se fecham. O corvo tenta levantar voo, mas é coberto de criaturas rastejantes. Os pais de Caw se espremem mais um contra o outro e contra a mesa. Uma taça de vinho cai no chão. Caw quer se aproximar, mas os corvos o seguram, um espectador impotente. Há milhares de aranhas agora, com pernas se movendo como se fossem uma só. Elas rodeiam seus pais, um tapete de corpos pretos reluzentes. Tantas que ele consegue ouvir o barulho dos movimentos.*

*Caw vê as aranhas subirem nos pés e pelas pernas dos pais. Eles tentam afastá-las, mas são muitas. O atiçador cai em cima das aranhas com um baque seco. Os pais de Caw se contorcem como se estivessem pegando fogo enquanto as aranhas os consomem, e ele sente a agonia deles em sua própria impotência. Os sons que saem das bocas deles não são gritos de dor, mas pior. Gritinhos curtos de pânico. As aranhas atravessam seus corpos, ombros e pescoços.*

*Caw quer afastar o olhar, mas não consegue.*

*Agora, eles estão levantando os queixos, como se estivessem se afogando, procurando ar para respirar. O pai uiva e sufoca quando as aranhas entram em sua boca.*

*Com um último suspiro, a mãe de Caw fala com o Mestre da Seda com voz abafada.*

*– Você não vai vencer. Você vai ver.*

*Um momento depois, as aranhas a silenciam. Os olhos dela encontram Caw, e um vento parece sair dela, girando na direção dele como um sopro de ventania. Dura uma fração de segundos antes de a maré de pernas de aranha cegá-la e...*

Caw acordou ofegante. O sótão da igreja entrou em foco, iluminado só pelas brasas do fogo no braseiro. Ele se apoiou no cotovelo enquanto tremia debaixo do cobertor puído. O sonho ainda o agarrava espremendo seus nervos. Ele fechou bem os olhos para tentar apagar as imagens do pesadelo.

Teria sido assim mesmo que eles morreram, em um terror sem palavras, sufocados pelas criaturas do Mestre da Seda? Alvo pousou silenciosamente ao lado dele e inclinou a cabeça. Seus olhos pálidos estavam úmidos. Naquele momento, Caw soube que era verdade.

Migalha estava deitado de costas, com um som de assobio escapando dos lábios a cada respiração. Pip repousava debaixo de cobertores, totalmente escondido. Nas vigas, um exército de pombos dormia com os bicos enfiados nas penas densas dos peitos.

Se Caw ia fugir, agora era a hora.

# Capítulo 12

**D**a forma mais lenta e silenciosa que conseguiu, Caw levantou o cobertor e se sentou. Lydia estava virada para o outro lado, em sono profundo. Ele planejava acordá-la, mas o sonho o fez mudar de ideia. Se os prisioneiros eram seguidores do Mestre da Seda, aquela criatura de pesadelo, era melhor ela ficar o mais longe dele possível. Com sorte, Migalha a ajudaria a voltar para casa.

Assim que ele ficou de pé, Grasnido e Penoso começaram a se mexer nos locais onde estavam empoleirados, perto da escada. Caw levou o dedo aos lábios, e eles permaneceram em silêncio, observando-o com curiosidade. Ele vestiu o casaco e saiu na ponta dos pés pelo piso de madeira. Em seguida, desceu a escada, seguido pelos corvos.

*Imagino que não vamos voltar para o ninho, certo?*, perguntou Grasnido, tremendo enquanto Caw soltava a tranca da porta.

– Ainda não – sussurrou Caw.

Do lado de fora, ele deu uma última olhada na igreja silenciosa. Perguntou-se como era antes do Verão Sombrio. Um lugar de felicidade, provavelmente, onde famílias e amigos se reuniam em paz. Mas o Mestre da Seda destruiu tudo isso.

As aranhas do sonho voltaram à sua mente, os corpos reluzentes tremendo, passos leves e silenciosos como alfinetes espalhados. Ele tremeu e afastou a lembrança.

Caw seguiu pelo estacionamento deserto, saboreando o frio silencioso da noite. Voltou-se para a rua na direção do rio quando ouviu passos apressados atrás.

*Temos companhia*, disse Penoso, voando acima.

Caw levantou as mãos para se defender enquanto se virava.

Era Lydia. O rosto dela estava pálido, e ela parecia não ter dormido um minuto sequer.

– Você vai procurar Quaker, não vai? – perguntou ela.

– Bem, eu também vou.

Caw baixou as mãos e suspirou.

– Você não precisa.

– Eu sei. Mas eu quero. Aqueles prisioneiros ameaçaram minha família também, lembra?

– Imagino que não vou conseguir impedir você, não é? – perguntou ele, erguendo as sobrancelhas.

Lydia sorriu.

– Vou considerar isso um convite.

*É claro*, murmurou Penoso. Ele voou para cima e para longe.

Eles saíram andando juntos pelos trilhos de uma ponte ferroviária que atravessava o Blackwater. Naquela hora da noite, não havia trens passando.

– Você tem boa audição – disse Caw. – Nem os pombos acordaram.

– Devo ter herdado da minha mãe. Ela *sempre* me escuta ouvindo música quando eu devia estar fazendo o dever. Mesmo quando estou com fones de ouvido!

Caw sorriu. Estava tão certo de que tinha de deixá-la para trás, e agora se sentia feliz em sua companhia. Com Lydia e os corvos, ele se sentia mais confiante. Seus pais fizeram tudo que puderam para protegê-lo, para que a linhagem ferina de corvos pudesse prosseguir. Ele cuidaria para que sua morte não fosse em vão.

– Seus pais parecem ter sido muito corajosos – disse Lydia, como se pudesse ler seus pensamentos. Eles tinham chegado ao outro lado do rio. – Você deve estar orgulhoso.

– Acho que sim – comentou Caw.

Eles começaram a andar pela margem ao norte. Arcos se enfileiravam adiante, lojas e quiosques, todos fechados até o dia seguinte.

Seu último sonho era uma sombra ainda presente, e os gritos dos pais enquanto as aranhas os cobriam pareciam ecos longínquos. Ele não se sentia pronto para contar à Lydia, não com o terror ainda tão recente. Toda a vida, ele deixou que sua amargura em relação a eles crescesse, mas agora parecia que a raiva foi mal direcionada. Era o Mestre da Seda quem a merecia, por lhe tirar seus pais.

– Espero que *minha* mãe e *meu* pai estejam bem – disse Lydia baixinho.

– Eu também – acrescentou Caw automaticamente.

– Eles não são pessoas ruins, sabe – argumentou Lydia.

Caw olhou de lado para ela.

– Sei que não foram muito legais com você – continuou Lydia.

– Você está falando de quando eles me trancaram em uma sala ou de quando seu pai tentou me prender? – perguntou Caw, tentando manter o rosto sério.

Lydia riu.

– É, mas você vai ver. Quando tudo isso acabar e os prisioneiros estiverem de volta atrás das grades, eles vão conhecê-lo direito. Você pode ir lá jantar de novo!

– Não me saí muito bem, né? – disse Caw. Apesar de tudo, estava sorrindo com a lembrança. – Devo ter parecido um animal.

Lydia reduziu o passo de repente, mas logo acelerou. Os olhos dela estavam grudados à frente com determinação.

– O quê? – perguntou Caw.

– Nada – disse Lydia. – Vamos logo.

Caw parou e olhou em volta. Seu olhar caiu em uma pilha de jornais amarrados com barbante na calçada, em frente a uma banca fechada. A primeira página era ocupada por um retrato do rosto dele.

– Ah, não.

Ele andou até os jornais e ficou de joelhos ao lado da pilha.

*É bem parecido*, disse Grasnido, pulando no canto.

Não era perfeito, só um desenho em preto e branco, mas era bom o bastante. Embaixo havia várias palavras em letras enormes e duas imagens menores, fotos, de Lydia e da Srta. Wallace.

– O que diz? – perguntou ele.

Lydia olhou por cima do ombro dele.

– Você não quer saber.

– Me conte! – disse Caw.

– Diz que você é procurado para interrogatório sobre o assassinato.

Caw apertou bem os olhos.

– O que vou fazer agora? A cidade toda vai estar me procurando.

Lydia tocou no braço dele.

— Essas pessoas só querem vender jornais, Caw — disse ela. — Vamos endireitar tudo. E quando tudo isso acabar...

— Eu sei, eu sei — disse ele com um toque de irritação. — Tudo vai voltar a ser como era.

Ele puxou a gola do casaco e saiu andando de novo, com Lydia correndo logo atrás. Ele sabia que ela só estava tentando consolá-lo, mas no fundo tinha certeza de que *nada* voltaria ao normal. Ele estava seguindo um caminho sem volta. No final havia a verdade e a vingança ou o mesmo destino que seus pais sofreram.

*A aranha anda por aí*, dissera Alvo. *E não passamos de presas na teia dela.*

Os corvos sobrevoaram o rio e também as cabeças deles. Apesar de já ter passado bastante da meia-noite, as ruas não estavam completamente vazias. Alguns carros passavam e pessoas bêbadas saíam de bares. Caw manteve a cabeça baixa enquanto eles seguiam para o oeste da cidade. Os portões do zoológico de Blackstone estavam trancados, mas Caw conseguiu sentir o cheiro das criaturas e o calor dos corpos adormecidos. Ele nunca tinha entrado, mas os corvos lhe contaram sobre todos os animais em suas jaulas e até o ensinaram os nomes usando um livro de figuras, lá no ninho. *Havia mesmo um ferino para cada criatura?*, perguntou-se ele. Migalha dissera que havia bem mais, por toda a cidade...

Uma sirene cortou o ar, e Grasnido desceu.

*Carro da polícia!*, disse ele.

— Corra! — chiou Caw, segurando o braço de Lydia.

Uma luz azul girava na esquina à frente, e eles voltaram por uma rua de paralelepípedos onde a ventilação na lateral de um prédio soprava ar quente na noite. Caw se encostou na parede e espiou pelo vapor. As sirenes sumiram, mas as

136

luzes ainda piscavam. Lentamente, o carro de polícia entrou na rua em que estavam.

– Não, não... – murmurou Caw.

Eles saíram correndo do esconderijo, e o motor do carro trovejou atrás.

– Por aqui! – disse Caw, escorregando por uma esquina e subindo alguns degraus.

Ele segurou a mão de Lydia e a puxou atrás de si. Eles correram por um pequeno jardim ornamental, e o carro de polícia parou. Eles pularam alguns canteiros de flores e atravessaram outra rua, correndo debaixo de um arco e por uma fila coberta de lojas. Havia lixo no chão, espalhado por uma brisa forte. Caw ouviu passos atrás de si e viu uma lanterna balançando na escuridão.

– Você viu para onde eles foram? – gritou uma voz.

– Não – respondeu outra. – Veja por ali.

Caw e Lydia saíram no final da área comercial. Caw ofegava, e Lydia estava inclinada, com as mãos nos joelhos. Do outro lado da rua havia uma boate, com placa de neon brilhando acima da porta.

– Acho que os despistamos – disse Caw, quando Lydia se empertigou. – Mas devemos continuar andando.

– Tudo bem – concordou Lydia, afastando uma mecha de cabelo da testa grudenta de suor.

Eles começaram a andar de novo. Caw ainda estava olhando para trás quando eles dobraram uma esquina e se chocaram com um casal de mãos dadas. Ele cambaleou e recuperou o equilíbrio, apoiando-se em Lydia.

– Me desculpe – murmurou ele.

– Ei, você! – disse a mulher.

Ela calçava saltos altos e usava uma espécie de casaco de pele; os lábios estavam pintados de vermelho. O homem que a acompanhava vestia um terno preto e tinha as bochechas vermelhas. Caw achou que estava bêbado.

– Continue andando – disse ele para Lydia.

Eles se afastaram rapidamente.

– Querido – Caw ouviu a mulher dizer –, aquela não é a garota desaparecida que vimos no noticiário?

Caw começou a correr e a puxar Lydia pelo braço. Os bares e boates baratos e vitrines vazias de lojas deram lugar ao bairro empresarial. Estava completamente deserto, com arranha-céus parecendo sentinelas montando guarda de cada lado da rua. As janelas pretas refletiam cem Caws aos olhos dele. Seus ouvidos estavam atentos a sirenes, mas nenhum som incomodava a noite.

– Podemos ir mais devagar? – ofegou Lydia. – Precisamos tomar cuidado. Nossos rostos... estão famosos.

Caw assentiu com desânimo.

Depois dos prédios de escritório de aço e vidro, a cidade subia em várias ladeiras arborizadas e pontilhadas por residências.

– Estamos procurando Quaker, certo? Herrick Hill é por aqui – disse Lydia, apontando para uma rua margeada por árvores. – Ei, qual é o problema?

Caw fez uma pausa no acostamento.

– Nada – respondeu ele. – É que... nunca vim tão longe assim.

Lydia deu um sorriso e atravessou a rua. Caw a seguiu.

Estava estranhamente silencioso agora que eles haviam saído do burburinho do centro da cidade. Até o ar tinha um cheiro diferente, mais limpo e mais fresco. Não havia postes de iluminação e em pouco tempo também não havia mais asfalto, conforme Caw e Lydia seguiam à beira da rua que subia o morro. Os corvos estavam quase invisíveis voando entre os galhos dos pinheiros. Caw olhou para as árvores, mas não conseguia ver mais do que alguns poucos metros antes que a escuridão engolisse os troncos. Ocasionalmente, eles passavam por uma entrada de garagem, com a silhueta suave de uma casa afastada da rua.

Os nervos de Caw formigavam, e ele lançava olhares frequentes para trás. Ir a qualquer lugar novo o deixava ansioso, e quanto maior era a distância que eles colocavam entre si e, o parque Blackstone, mais preocupado ele ficava.

— Tem certeza de que é por aqui? — perguntou ele. A voz pareceu fina e vazia.

Lydia assentiu.

— Não dá para ignorar a Mansão Gort — disse ela. — É uma das mais antigas da cidade. Meu pai e eu às vezes visitamos essa área no fim de semana. Levamos Benjy para fazer longas caminhadas no campo. — O rosto dela ficou paralisado. — Quero dizer, *levávamos* Benjy para caminhar.

Caw olhou para ela achando que a veria lutando contra lágrimas. Mas ela só parecia mais determinada.

Lydia estava certa, a Mansão Gort era inconfundível. A primeira imagem que eles tiveram foi de um muro alto com arame farpado em cima, portão duplo e pontas no alto. O local parecia já ter sido impenetrável como uma fortaleza. Talvez tenha sido isso que manteve Quaker protegido dos seguidores do Mestre da Seda durante o Verão Sombrio. Mas parecia que o ferino dos gatos tinha deixado o local se deteriorar desde então. Algumas das pontas do alto do portão tinham se quebrado, deixando cotocos inofensivos no lugar.

Ao se aproximarem, eles viram um caminho comprido depois do portão que oferecia vista para a casa. Ela situava-se no alto da colina, a silhueta destacada contra o céu. Havia um chafariz coberto de musgo no meio do pátio da frente, e a água em movimento brilhava em tom prateado sob o luar. A casa tinha três andares com uma torre em cada canto e ameias no topo. Talvez já tivesse sido pintada de azul, mas o tempo apagou e descascou a tinta até só sobrar um cinza sem graça. Janelas em arco se posicionavam em alturas irregulares na frente e nas laterais, e hera subia pelas paredes, como se estivesse tentando cobri-la. Uma única janela no segundo andar estava levemente iluminada.

– Vamos? – perguntou Lydia, colocando a mão em uma das grades.

Caw assentiu. Ele deu impulso para Lydia subir e foi atrás dela.

– Você é mais forte do que parece – disse Lydia, passando com cuidado pela parte do portão onde as pontas tinham caído.

Caw corou enquanto Lydia descia pelo outro lado. Ele a seguiu, deixando-se cair, e pousou agachado sem fazer barulho.

Nem todas as partes da Mansão Gort tinham sido abandonadas. Jardins esculpidos ladeavam o caminho até a frente da casa, com toda a sebe moldada em elaboradas formas de gatos. Caw reparou que o chafariz era uma escultura de gatos brincando, com água jorrando das bocas. Seus passos estalavam no caminho de cascalho. Ele não conseguia fugir da sensação de que estavam sendo vigiados de uma das muitas janelas. Sua pulsação disparou quando ele ergueu a aldrava pesada, uma pata feita de ferro frio.

*Tunk! Tunk!* O som do metal era ensurdecedor.

Caw recuou um passo e esperou. Seus corvos estavam pousados no alto de uma das torres, longe do campo de visão. *Estranho*, pensou ele. *Ontem eles seriam contra uma incursão dessas. Mas mal disseram uma palavra.*

Era quase como se, agora que a verdade tinha sido revelada, eles estivessem dispostos a aceitar os desejos de Caw. Se era porque o respeito que tinham por ele havia crescido, ele não sabia. Talvez fosse só porque estava sendo mais teimoso.

O som de passos veio do interior, seguido do gemido de uma chave girando. A porta se abriu com um estalo, só alguns centímetros, e um gato de olhos verdes saiu e se enroscou nas pernas de Caw.

O olhar do garoto subiu por uma calça roxa larga até uma barriga considerável, contida por um colete roxo com botões de quartzo. Por cima, o homem usava uma jaqueta de lã da cor de uma tangerina. O rosto era largo e de bochechas coradas, com um bigode grisalho denso com pontas viradas para cima, parecendo bigodes de gato. Os olhos pequenos brilhavam com desconfiança, um deles ligeiramente ampliado por um monóculo preso a uma corrente de prata.

O gato no tornozelo de Caw deslizou para dentro de casa. Um momento depois, deu um pulo e se acomodou no ombro do homem.

— Felix Quaker? — perguntou Caw.

— E quem seria você?

Caw hesitou, desejando ter pensado melhor naquilo. Tudo dependia do que ele diria agora.

— O que foi, o gato comeu sua língua? — falou o homem.

Ele deu um sorriso apavorante, e Caw teve um vislumbre de dentes pequenos e pontudos por trás dos lábios.

— Meu nome é Caw — disse ele. — Sou ferino como você e...

A porta fechou na cara dele.

Lydia bateu na aldrava de novo.

— Precisamos conversar com você — gritou ela pela porta.

– Que pena, minha querida – disse o homem lá dentro.

– Porque eu não quero nada com *vocês*!

– Por favor! – pediu Caw. – Sabemos que você é ferino.

– Não sei do que você está falando. Vou chamar a polícia. É melhor irem embora daqui antes que cheguem.

Caw lançou um olhar para Lydia.

– Ele não vai chamá-los – sussurrou ela. – Vamos procurar uma outra forma de entrar.

Eles andaram o mais silenciosamente possível até a lateral da casa. Na metade do caminho, Penoso grasnou de cima de um parapeito estreito.

*Janela no segundo andar. Não está fechada direito.*

– Perfeito! – sussurrou Caw.

Por sorte, a hera era densa o bastante para dar apoio, e, com as mãos cuidadosamente segurando os galhos emaranhados, Caw conseguiu escalar. Lydia foi atrás, com uma cara insegura.

– Não se preocupe – garantiu ele. – Vai aguentar seu peso.

Ele já tinha subido em trechos de hera bem mais fracos no parque.

Ele encontrou a janela ligeiramente aberta. A moldura era feita de chumbo, e o vidro, tão velho que estava torto. Fazendo força, Caw a abriu. Não conseguiu ver muito do aposento, exceto o que pareciam ser caixas de vidro sobre mesas.

Caw pulou no parapeito e esticou a mão para puxar Lydia. Ela oscilou um pouco, mas ele manteve as mãos firmes em seu braço, até que ela alcançou a janela e entrou primeiro. Os três corvos pousaram ao lado de Caw em um sopro de asas pretas e brancas. Eles pularam no parapeito da janela.

– É melhor vocês ficarem do lado de fora – avisou Caw.

*Se é necessário*, disse Penoso, apoiando-se nas penas da barriga. *Mas tome cuidado.*

— Pode deixar — disse ele.

Grasnido se mexeu ao lado dele.

*Chegue para o lado, gorducho.*

— Ei, olha isso! — sussurrou Lydia.

Caw entrou no quarto e a viu parada ao lado de uma das caixas de vidro. Não havia mais nada no aposento além de mesas e caixas. Caw seguiu o dedo esticado de Lydia e ofegou. Dentro da caixa, iluminada pelo luar, havia uma mão pequena e enrugada.

— Você acha que é de verdade? — perguntou ele.

Lydia deu de ombros e foi olhar a caixa seguinte, que continha um escudo curvo feito de vidro ou cristal, talvez até diamante, com cabelos fixados na parte interna. Caw jamais vira nada parecido. A terceira caixa continha uma máscara feita de uma folha fina de metal no formato do focinho de um leão.

— Acho que é ouro — disse Lydia. — Que diabos é este lugar?

— Migalha disse que Quaker coleciona coisas relacionadas a ferinos — respondeu Caw. — Mas isso não parece ser uma velharia qualquer. Essas coisas parecem valiosas. O que mais será que ele esconde aqui?

Ele foi até a porta e mexeu na maçaneta. Ela abriu silenciosamente, dando para um corredor acarpetado sobre uma grande escadaria, com corrimão entalhado em madeira escura. Retratos enormes ocupavam as paredes, homens e mulheres com trajes de diferentes épocas da história. Seriam todos ferinos? Havia estátuas negras de gatos, posicionadas em colunas onde a escada fazia uma curva. Uma se mexeu de repente, e Caw percebeu que estava viva. O gato desceu os degraus como uma sombra.

O tapete abafou os passos de Caw conforme ele saía do quarto. Ele virou no patamar na direção de outra escada. Mais caixas de vidro ocupavam as paredes do patamar, e havia várias portas ali, todas fechadas. Caw estava certo de que nunca estivera ali antes, mas havia alguma coisa estranhamente familiar na casa. Ele colocou o pé no primeiro degrau.

Em algum lugar abaixo, um piano tiniu desafinado e depois parou.

— Aonde você está indo? — sussurrou Lydia. — Parece que Quaker está lá embaixo.

Caw apoiou a mão no corrimão. Seus pés se moveram, levando-o para o alto da casa, mas ele não sabia por quê.

— Ei — chiou Lydia. — Você não quer olhar isso? — Ela estava de pé ao lado de uma das caixas, com o nariz encostado na lateral. — É um colar de aranha!

Um chamado silencioso parecia atrair Caw, convocando-o para o alto da escada.

— Eu só achei... sabe... aranhas e tal — disse Lydia atrás dele, com a voz baixa e distante.

Caw subiu os degraus. No topo, não havia nada, só um pequeno patamar quadrado de tábuas e, sem janelas.

— Caw, volte! — chamou Lydia em um sussurro urgente. — Por que você está agindo de forma tão estranha?

Ele foi até a parede e passou as mãos pela superfície irregular. Esperava que estivesse fria, mas não estava. Lydia subiu a escada correndo atrás dele.

— Caw — disse ela — Você consegue me ouvir, pelo menos?

Ele deixou a palma da mão apoiada na parede.

– Você está me assustando – queixou-se Lydia. – O que está acontecendo?

Caw apertou com força, e uma seção da parede cedeu. Uma pequena porta escondida abriu-se através de dobradiças silenciosas. O sangue que corria pelas têmporas de Caw desacelerou.

– Como você sabia que isso estava aí? – perguntou Lydia.

– Eu não sabia – respondeu ele, entrando.

Ou talvez soubesse, de alguma forma.

O aposento estava escuro, sem nem um tipo de luz. Tinha que ser em uma das torres, porque era perfeitamente redondo, com uma única janela alta na parede. Parecia mais uma cela do que qualquer outra coisa. Havia uma cadeira bamba e um armário velho, além de uma pia manchada. Mas todos esses detalhes pareceram desaparecer quando os olhos de Caw pousaram no objeto no centro da sala.

Era uma caixa de vidro contendo uma almofada vermelha de veludo. E, em cima da almofada, havia uma espada de quase 1 metro, com lâmina preta e um pouco curva, larga na base e que se afinava até uma ponta mortal. Parecia um artefato antigo tirado da terra e polido até as superfícies brilharem. O cabo era protegido por várias garras de metal e coberto com uma fina camada do que parecia couro preto. Havia algo gravado ao longo da lâmina.

– O que está escrito? – perguntou ele. Sua voz não passava de um gemido.

Lydia se aproximou para ver melhor.

– É alguma língua estranha – disse ela. – Símbolos esquisitos. Escute, tem um machado de duas lâminas enorme lá embaixo. Venha ver!

Mas Caw não estava interessado em machados. Não sabia como, mas *tinha certeza* de que essa espada era importante. E, de alguma forma, sabia exatamente como era a sensação de estar com ela nas mãos, seu peso, sem nunca tê-la segurado. Ele sabia que a espada o estava chamando para aquele aposento. Ela *queria* ser encontrada. Ele esticou a mão para a caixa.

— Tem certeza de que você devia fazer isso? — perguntou Lydia.

— Tenho — afirmou Caw.

Quando seus dedos tocaram no vidro, uma luz cegante tomou conta de sua cabeça, fazendo-o cambalear para trás. Imagens do sonho piscaram por trás dos olhos: a boca da mãe aberta de medo; os dedos do pai agarrando o pescoço; o anel de aranha no dedo longo do Mestre da Seda.

— Caw! Tem alguém vindo! — ofegou Lydia.

Caw piscou para afastar a visão. Passos. Logo havia gatos entrando no aposento, sibilando e miando. A porta estreita foi aberta, e Felix Quaker entrou.

— Posso explicar... — começou Caw.

Quaker o agarrou pela orelha.

— Como você ousa invadir este lugar! — exclamou ele. — Saia!

Ele empurrou Caw para a porta. A lateral da sua cabeça queimou de dor. Ele estava levemente ciente de Lydia atrás.

— Não o machuque, por favor — dizia ela. — Nós só queríamos conversar.

Quaker arrastou Caw para fora do aposento e para o corredor. O garoto cambaleou tentando manter o equilíbrio e se inclinou para impedir que a orelha fosse arrancada da cabeça. Os gatos vieram aos montes, miando o tempo todo.

— Seus ratos! — rosnou Quaker. — Eu devia... Que diabos?

Caw ouviu o estalo de asas, e Quaker cambaleou para trás quando Alvo, Penoso e Grasnido entraram na casa.

– Não! Não façam isso! – disse Caw na hora em que os corvos desceram para cima do ferino dos gatos.

Ao mesmo tempo, vários gatos pularam no ar. Caw se encolheu quando eles arrastaram os corvos para o chão e os prenderam com facilidade. Quaker ajeitou o paletó e lambeu os lábios enquanto observava os corvos.

– Por favor! – disse Caw. – Os corvos só estão tentando me ajudar!

Os gatos olharam para o mestre com os olhos brilhando de fome.

– Talvez seja hora de dar um agrado aos meus queridos – disse Quaker, com voz fria. – Afinal, esta casa é minha.

*Faça seu pior, encantador de gatos*, disse Penoso, contorcendo-se debaixo de uma pata.

*Caw*, disse Alvo com calma. *Nos deixe. Vá agora.*

A voz do corvo branco pegou Caw de surpresa. Deu coragem a ele. Ele não tinha ido até lá só para abandonar seus corvos.

– Não vou a lugar nenhum – disse ele. – Vim aqui para falar com Felix Quaker sobre meus pais e o Mestre da Seda.

*Caw, você precisa fugir deste lugar!*, disse Alvo, com voz mais urgente.

Quaker torceu as pontas do bigode e olhou para Caw com curiosidade.

– Admiro sua tenacidade, meu rapaz, mas, como falei, não tenho nada a dizer. Agora saia do meu...

A porta da frente no andar de baixo se abriu com um estrondo. Entre as colunas largas da balaustrada, Caw viu três cachorros de ataque babando e entrando no saguão. Uma sombra caiu no tapete, vinda de fora, e a forma enorme de Mandíbula atravessou o umbral da porta.

# Capítulo 13

**C**aw se jogou para fora de vista.

— É Mandíbula! — sussurou ele.

A atitude de Quaker mudou na mesma hora. Ele pareceu se transformar de um eremita excêntrico em uma criatura dissimulada, movendo-se com fluidez enquanto se encostava na parede. Lançou um olhar para a escada e fez um som de estalo na garganta. Imediatamente, os gatos surgiram e se reuniram ao seu lado, soltando os corvos. Penoso soltou um grasnido sofrido, e os cachorros abaixo rosnaram.

— Parece que você ficou preguiçoso com a idade, Quaker — disse Mandíbula. — Não é boa ideia deixar caras como eu entrarem em seu esconderijo. Agora saia, gatinho. Sei que você está aqui. Meus lindinhos conseguem farejar você.

Felix Quaker puxou a orelha de Caw até seus lábios.

— Você já causou mal suficiente. Agora saia enquanto ainda pode!

— Mas... — começou Caw.

O som dos cachorros rosnando se aproximava.

— Venha! — disse Lydia.

Ela disparou para o quarto com as caixas de vidro, e Caw a seguiu com os corvos.

– Não se dê ao trabalho de fugir de nós, Quaker! – gritou Mandíbula. – Você só vai deixá-los zangados!

Na porta do quarto, Caw parou. Lydia já estava no peitoril da janela. Mas alguma coisa o fez arrastar os pés. A espada o estava chamando. Ele precisava pegá-la.

– Vá sem mim! – gritou ele para Lydia, voltando.

– Espere! – chamou ela. – Onde você...?

A voz dela morreu quando Caw passou correndo por Quaker e pelos gatos e subiu a escada. Ele entrou na sala da torre.

*Caw, esqueça!*, gritou Penoso, batendo as asas pelo aposento.

O garoto examinou a caixa trancada freneticamente. Nada com que quebrá-la... Quaker devia ter a chave...

De baixo, ele ouviu o grito de gatos atacando, abafado pelos rosnados e mordidas dos cachorros.

– Você vai me pagar se machucar qualquer um deles! – gritou Quaker.

Os rosnados pararam de repente.

– Agora é hora de uma conversinha – disse Mandíbula. – Você achou que tinha nos enganado, não é? Agindo como um velho frágil e caduco. Mas sabemos o que você tem aí trancado. As baratas de Rasteiro entraram neste lixo e encontraram. – A voz dele ficou perigosamente baixa. – Portanto, chega de brincadeiras. Me leve para o Bico do Corvo.

Caw ouviu alguns baques pesados. Quaker berrou.

– Saia da minha casa, seu bruto pulguento – disse ele, com voz distorcida pela dor.

Os olhos de Caw pousaram na espada. *O Bico do Corvo.* Essa arma, era isso o que Quaker estava escondendo. As palavras o atingiram fundo. Essa espada era dele. A espada do encantador de corvos.

— Pare de enrolar, Quaker — disse Mandíbula. — Ou devo chamar Rasteiro? Os amigos dele vão entrar pelas suas orelhas e comer seu cérebro. Você vai conseguir senti-los bem depois de não conseguir mais gritar. Ou Mamba? Basta uma picada das cobras dela e você vai ficar paralisado. Juro para você, Quaker, se eu tiver que arrancar a pele de cada gato desta casa, um a um, não vou hesitar. Faço o que for preciso para fazer você falar.

Houve uma pausa.

— Lá em cima — respondeu o ferino dos gatos, com voz repentinamente vazia de emoção.

A pele de Caw ficou gelada. Não havia para onde fugir. Ele subiu na cadeira e tentou alcançar a janela. Alta demais. Mesmo se pulasse, não conseguiria alcançá-la.

Grasnido bateu as asas no armário. Não precisou falar, Caw entendeu. Atravessou o aposento na hora em que os passos de Mandíbula soaram na escada. Caw abriu a porta e pulou lá dentro. Os corvos entraram também, e Caw fechou rapidamente a porta. Ele colocou o olho na abertura.

Mandíbula empurrou Quaker para dentro do aposento, e o monóculo do homem se soltou e caiu no chão com um estalo. Os cachorros pararam na porta e farejaram o ar. O ferino dos gatos estava sangrando pelas duas narinas, e um hematoma furioso tinha surgido debaixo do olho.

*Se eles sentirem meu cheiro, já era*, pensou Caw.

Mas os cachorros pareceram cautelosos, quase temerosos. Os rabos estavam entre as pernas, e eles não atravessaram a porta. Os três estavam olhando para o Bico do Corvo.

Caw engoliu em seco ao ver que um dos cachorros estava com sangue ao redor dos frouxos lábios pretos. Claramente, um dos gatos de Quaker não teve sorte.

Mandíbula andou pelo aposento, o piso de madeira estalando a cada passo. Ele contornou a caixa de vidro.

— Onde está a chave? — perguntou ele, esticando a mão que mais parecia uma pá.

— Está lá embaixo, no meu escritório — disse Quaker, limpando o sangue do nariz com um lenço. — Se você quiser, pode ir pegar.

Atrás do ferino dos gatos, os três cachorros rosnaram.

Mandíbula sorriu, e seu rosto tatuado se transformou em uma máscara horrível. Ele fechou a mão e levantou bem acima da cabeça de Quaker, como uma bola de demolição. Caw não conseguiu nem olhar. O prisioneiro ia esmagar o crânio do velho bem na frente dele?

E então Mandíbula se virou e baixou a mão na caixa de vidro. Ela rachou com um estrondo e, espalhando cacos por todo o aposento.

— Parece que não preciso — disse ele.

Quando Mandíbula esticou a mão e pegou o cabo do Bico do Corvo, Caw sentiu uma pontada de raiva misturada com outra coisa: inveja. Precisou se controlar para não pular do armário e atacar o ferino dos cachorros ali mesmo.

Mandíbula virou a lâmina na luz fraca da lâmpada acima, examinando-a com atenção. Um brilho percorreu o metal e iluminou as letras estranhas.

— Não me parece muita coisa — disse ele. — Brinquedo de criança.

— É valiosíssima — rebateu Felix Quaker. — Nas mãos erradas...

— Me poupe — disse Mandíbula. — Sei o que é.

Ele enfiou a espada no cinto. Caw cerrou os dentes.

— Você já tem o que veio buscar — disse Quaker, com voz pesada de exaustão. — Agora vá embora.

Mandíbula assentiu pensativamente, mas então baixou a cabeça. Ele se inclinou para o chão.

— O que é isso? — perguntou ele.

Quando se levantou de novo, os olhos de Quaker se desviaram por uma fração de segundo para o armário. Mandíbula estava segurando uma pena preta.

Um grito de medo se alojou na garganta de Caw.

— Os corvos estão aqui — disse Mandíbula.

Não foi uma pergunta, mas uma afirmação.

Quaker balançou a cabeça negativamente.

— Você mente muito mal — disse Mandíbula. — Meus colegas vão encontrar a encantadora de corvos mais rápido do que você pensa.

Quaker franziu a testa, e Caw percebeu que o ferino dos gatos também estava confuso.

*Encantadora?*

— Você não vai encontrá-la! — disse Quaker de repente.

Mandíbula o empurrou para fora do caminho e andou até a porta. Fez uma pausa e falou sem se virar:

— Dizem que vocês, ferinos dos gatos, têm sete vidas. Vamos verificar?

— O quê? — exclamou Quaker, dando um pulo para trás.

Houve um som de coisa quebrando quando ele pisou no próprio monóculo.

Mandíbula colocou a mão na cabeça dos cachorros, um de cada vez. Ao fazer isso, eles viraram as orelhas para trás e ergueram os rabos.

– Acabem com ele – disse ele, e saiu do aposento.

– Não! – gritou Quaker.

Os cachorros entraram e se espalharam. Caw viu Felix Quaker pegar a cadeira e segurá-la na frente do corpo. Só fez os cachorros rosnarem com mais crueldade.

– Orion! – disse Quaker, balançando a cadeira de um lado para o outro. – Vespa! Monty! Garras para fora!

Um dos cachorros pulou para o rosto dele, e Quaker desviou com habilidade. Um instante depois, os dentes de um segundo cachorro se fecharam na manga e arrancaram um pedaço.

Caw abriu as portas do armário e soltou um grito para distrair os cachorros. Ao mesmo tempo, mandou seus corvos atacarem. Eles saíram voando e enfiaram as garras nos olhos dos cachorros e golpearam com os bicos. Caw agarrou Quaker e o puxou da sala. Os corvos foram atrás, e, assim que eles passaram, Quaker bateu a porta.

Do outro lado, eles ouviram os cachorros rosnando e se jogando contra a madeira, sacudindo a porta. Três gatos finalmente surgiram na escada, sibilando, mas pararam assim que Quaker acenou com cansaço.

– Que grande ajuda vocês deram – disse ele.

Os gatos responderam com uma série de ronronados indignados.

– Vocês podem dizer isso – disse Quaker. – Para minha sorte, os corvos estavam aqui. – Ele se virou para Caw. – O que não consigo entender foi por que Mandíbula falou *encantadora* de corvos... Fiquei feliz em contribuir para o engano dele, mas...

– Lydia! – interrompeu Caw. – Eles devem pensar que Lydia é a ferina dos corvos! Precisamos encontrá-la.

– Espere aí – disse Quaker, mas Caw já estava correndo escada abaixo.

Os gritos de Lydia atravessaram a casa e fizeram o coração de Caw saltar. Ele desceu os degraus dois de cada vez, deixou os corvos para trás e pulou sobre o corrimão numa curva, leve como ar. Parecia que um vento o estava carregando, dando a ele uma velocidade a qual Caw não estava acostumado.

No patamar, ele viu um gato morto em uma poça de sangue.

*Espere!*, chamou Penoso.

Com dois pulos, Caw seguiu pelo lance seguinte até o primeiro andar, e caiu no chão correndo. Passou pela porta da frente, que estava torta nas dobradiças. Grasnido disparou na frente dele, batendo as asas intensamente.

No fim do caminho da entrada, Mandíbula seguia na direção de uma van. Mamba estava sentada no banco da frente enquanto Rasteiro enfiava Lydia por uma porta de correr. Ela chutava loucamente e gritava:

– Me solte! Tire as mãos de mim!

Mandíbula fechou a porta atrás deles.

Caw correu o mais rápido que conseguiu, mas Mandíbula já estava entrando no lado do motorista. Eles nem o tinham visto.

– Parem! – gritou Caw.

Os pneus da van giraram, espalhando cascalho e fumaça. O veículo disparou pelos portões arrombados e seguiu colina abaixo. Caw o perseguiu, com a esperança diminuindo conforme as luzes de trás da van sumiam ao longe. Com o peito pegando fogo, ele parou de repente no meio da rua.

– Não... por favor... – disse ele.

Não Lydia também.

Alvo veio do céu e pousou no braço dele; Penoso e Grasnido desceram também.

– Eles acham que ela é a encantadora de corvos – disse Caw.

*E vão descobrir rapidinho que não é,* disse Penoso.

Caw se recompôs.

– O que vão fazer quando descobrirem?

Penoso não falou por muito tempo. *Devíamos voltar para a casa,* disse ele por fim. *O encantador de gatos deve ser capaz de ajudar.*

Caw assentiu, mas reparou que Penoso não respondeu sua pergunta.

Caw encontrou Felix Quaker no corredor, carregando o gato morto nos braços. Ele ergueu o rosto quando Caw se aproximou.

– Eles a levaram – disse Caw com a voz vazia. – Por favor... ela é a única amiga que tenho. Me ajude a salvá-la.

Quaker olhou Caw por um momento e olhou de novo para o gato nos braços. Acariciou o pelo sujo de sangue com delicadeza.

– Ela se chamava Helena – contou ele. – Faz 15 anos que a encontrei na rua.

– Sinto muito – disse Caw. – Sei como é perder uma pessoa.

– É... acho que você sabe – disse Quaker.

– Por favor, não me faça passar por isso de novo – pediu Caw. – Lydia ainda está viva. Ainda podemos salvá-la.

Os olhos de Quaker se caíram sobre os corvos empoleirados no corrimão.

– Ela vai ficar bem por enquanto. Primeiro, precisamos conversar. Venha comigo, encantador de corvos.

Caw apertou os punhos quando o ferino dos gatos saiu do aposento. Queria correr para a rua, começar a caçar os prisioneiros imediatamente. Mas sabia que Quaker devia ser o único que poderia encontrá-los. Portanto, contra todos os instintos, Caw foi atrás.

Os latidos dos cachorros ainda soavam pela casa quando Felix Quaker guiou Caw para uma cozinha no subsolo, com piso de pedra e uma mesa simples de madeira. Os corvos voaram e pousaram na beirada da pia. Quaker colocou delicadamente a gata morta sobre uma folha de jornal em frente a uma enorme lareira. Uma dezena de outros gatos surgiu e se reuniu ao redor do corpo da amiga, miando baixinho. O ferino dos gatos estava irreconhecível em comparação ao homem imaculadamente vestido que abriu a porta menos de uma hora antes. O pulso estava sangrando da mordida do cachorro, havia sangue seco debaixo do nariz e as roupas bem-passadas estavam amassadas e rasgadas.

Ele virou os olhos apertados para Caw.

— Me conte, por que eles acham que sua amiga é a ferina dos corvos?

— Acho que... todas as vezes que eles me viram com os corvos, ela também estava presente – disse Caw, percebendo que era verdade. – Na verdade, naquela primeira vez na viela, eles não me viram, só viram Lydia. Quando Mandíbula atacou o pai dela, eles devem ter achado que foi ela que chamou os corvos para protegê-lo.

"Depois, na casa dos Strickham, Mamba deve ter visto meus corvos esperando lá fora... mas *também* não me viu. Portanto, é claro que pensou que eles eram de Lydia."

Ele teve vontade de gritar pela injustiça de tudo. Se ao menos ele a tivesse mandado de volta para o esconderijo de Migalha, nada disso teria acontecido.

— Entendo — disse Quaker. — E como você me encontrou?

— A Srta. Wallace — revelou Caw baixinho. — Antes...

— Do incidente da biblioteca — completou Quaker. Ele colocou um tecido debaixo da torneira e limpou o nariz sujo de sangue. — Eu li sobre isso. Mas a polícia não deu nenhum detalhe. Você também a conhecia?

Caw assentiu.

— Mandíbula e os amigos a mataram — disse ele.

— Selvagens! — exclamou Quaker, mostrando os dentes afiados ao fazer uma careta. — A bibliotecária era uma mulher competente. Eu uso muito a biblioteca para minhas pesquisas. Claro que ela nunca soube quem *eu* era de verdade. — Ele jogou o pano na pia. — Dois dias atrás, eu estava pegando uns livros quando vi um desenho na mesa dela.

— Uma aranha? — perguntou Caw.

Quaker o olhou profundamente.

— Sim! Como você...?

— Nós desenhamos — disse Caw. — Eu e Lydia.

As sobrancelhas de Quaker subiram um pouco.

— Bem, devo ter levado um baita susto quando vi, porque a bibliotecária me perguntou o que queria dizer. Eu não queria nenhum envolvimento com aquilo, claro. E deixei isso bem claro, com firmeza. Depois saí apressado.

— Ela deve ter concluído que você sabia de alguma coisa. Escreveu seu nome debaixo do desenho — disse Caw. — Estava segurando-o quando eles a mataram.

Quaker afastou o olhar como se não conseguisse encarar Caw. Os latidos dos cachorros tinham ficado menos frequentes, e Quaker olhou para cima.

— Eles vão acabar se acalmando — disse ele. — Jamais gostei de cachorros, mas eles costumam ser inofensivos longe da influência do ferino deles.

Caw tinha tantas perguntas que nem sabia por onde começar. E como as perguntas poderiam ajudar Lydia?

— Então você conhece Mandíbula?

— Já conheci outros como ele no passado — respondeu Quaker. — Essa linhagem de encantadores de cachorros sempre foi horrível.

— Existem outros? — perguntou Caw.

Felix Quaker se sentou pesadamente em uma cadeira.

— Você vai encontrar uma chaleira por aí com água quente e folhas de chá naquele pote na prateleira. — Ele apontou. — Não posso falar sobre ferinos sem uma xícara decente de chá na mão.

Contrariado, Caw pegou o pote e encontrou duas xícaras. Começou a colocar folhas secas nelas.

— Pode parar! — disse Quaker. — Você nunca fez isso antes, estou vendo. Assista e aprenda!

Caw deu um passo para trás e deixou o ferino dos gatos assumir. Ele colocou as folhas em um objeto de metal com buraquinhos nas laterais, depois colocou tudo em uma panelinha e encheu com água fervendo.

— Acho que tenho que lhe agradecer — disse Quaker. — Os cachorros de Mandíbula teriam me matado se não fossem seus corvos.

— Bem, eu também estaria morto se você tivesse dito para ele que eu estava no armário — argumentou Caw.

Quaker se inclinou para mais perto de Caw, fungou e assentiu.

— Eu não reconheci você de cara, mas devia. A semelhança é incrível.

O pescoço de Caw formigou.

— Você conheceu meus pais?

Quaker serviu o líquido âmbar em duas xícaras e empurrou uma por cima da mesa para Caw.

– Conheci sim, Jack.

– Jack? – estranhou Caw, se sentando mais ereto.

– Imagino que você não use mais esse nome – disse Quaker. Ele tomou um gole do chá e ronronou de satisfação.

– Eu me lembro de você quando era bebê. Jack Carmichael, filho de Elizabeth e Richard. Eles eram pessoas inteligentes. E corajosas, talvez um pouco corajosas demais no final.

Caw engoliu em seco e lutou contra as lágrimas. Desviou a atenção para a xícara de chá. Ele tomou um gole, deixou o sabor estranho se espalhar pela língua e fez uma careta.

– Não é fã, pelo que vejo – disse Quaker, sorrindo. – Sua mãe também não era.

Caw se empertigou.

– Bem, não devemos desperdiçar – aconselhou Quaker, pegando a xícara. Ele tomou outro gole de chá. – Sabe, achei que a linhagem dos corvos tinha acabado. Depois dos eventos do Verão Sombrio, fui à sua casa. Vocês todos tinham sumido, mas os sinais estavam lá. As teias, tão densas que precisei usar um machado para passar pela porta. – Quaker balançou a cabeça com a lembrança – Que desperdício de talento. Se ao menos sua mãe tivesse se mantido escondida dentro de casa, como eu fiz, talvez ainda estivesse viva, mas...

Quaker parou no meio da frase e pareceu reparar no olhar assustado no rosto de Caw. Quando falou de novo, sua voz estava mais suave.

– Como falei – prosseguiu Quaker –, eles foram corajosos.

Ele tomou outro gole de chá. Mas, por um instante, Caw achou que ele quase pareceu estar envergonhado.

159

– Por que você foi à casa dos meus pais? – perguntou Caw.

– Para recuperar o Bico do Corvo, claro – respondeu Quaker.

– Aquela espada.

O ferino dos gatos assentiu.

– Para minha sorte, sua mãe a tinha escondido bem.

– O que é? – perguntou Caw. – Uma arma?

Os olhos de Quaker se arregalaram um pouco, mas voltaram a se estreitar.

– É trágico você saber tão pouco sobre sua herança, Jack.

Caw sentiu as bochechas enrubescerem.

– Então me *conte*.

– O Bico do Corvo pode parecer uma arma, mas na verdade é mais uma ferramenta, uma chave, passada entre gerações de ferinos dos corvos desde os tempos antigos, quando Blackstone era formada só por campos e um rio. Ela é capaz de cortar o véu que separa este mundo e o outro.

– O *outro*? – disse Caw.

Na beira da pia, Alvo deu um grasnido baixo, e os dois corvos de cada lado olharam para ele com nervosismo.

A xícara de Quaker tremeu no pires quando ele a colocou ali. Ele encarou Caw intensamente, e os gatos perto da lareira viraram os olhos para o mestre, com as orelhas erguidas e alertas.

– A Terra dos Mortos – disse ele.

Caw sentiu o estômago revirar.

O ferino dos gatos prosseguiu, olhando brevemente para Alvo.

– Corvos sempre foram especiais – disse ele. – São as únicas criaturas que conseguem atravessar os mundos.

– Mas o que é a Terra dos Mortos? – perguntou Caw.

– O que parece ser?

Os pelos da nuca de Caw se eriçaram.

– A vida após a morte?

– Você pode chamar assim se quiser.

– Isso não faz sentido.

– Você não acredita em mim? – perguntou Quaker. – Seu pálido amigo sabe que estou dizendo a verdade.

Alvo olhou para eles.

– Ele não fala muito, estou vendo – comentou Quaker.

– Bem, as penas falam por ele. Ele é branco assim porque é um dos poucos que visitou a Terra dos Mortos e voltou.

Caw olhou para Alvo com novos olhos. Poderia ser verdade?

– Vamos dizer que acredito em você – disse ele com cautela. – Como é esse lugar?

– É melhor perguntar a ele – recomendou Quaker, apontando para Alvo.

Alvo levantou voo e pousou na mesa entre eles, com as unhas estalando na madeira.

– Olhe nos olhos dele – disse Quaker. – Bem fundo.

Alvo inclinou a cabeça. Caw sentiu-se estranho com Quaker e os animais olhando, mas mesmo assim olhou no olho esquerdo claro do corvo.

– O que você tem para me mostrar, Alvo? – perguntou ele baixinho.

No começo, não viu nada. Então, nas profundezas do leitoso globo ocular, formas começaram a girar. Ele olhou mais intensamente, e o resto do aposento sumiu quando o olho pareceu sugá-lo. Caw sentiu como se estivesse flutuando, depois caindo, caindo nas profundezas de um céu enevoado.

Ele viu formas pela névoa: madeira, galhos, o chão coberto por camadas de folhas pretas.

– Está vendo? – disse Quaker, a voz parecendo vir de algum lugar ao longe.

Caw assentiu, incapaz de se afastar do olhar de Alvo. Por entre as névoas ele viu rostos entre as árvores, pessoas vagando entre os troncos. Duas se viraram para ele, e ele flutuou mais perto. Elas esticaram o braço e murmuraram o nome dele baixinho.

– Jack?

Era sua mãe. Ele viu o rosto dela na névoa, os olhos grandes e escuros, o sorriso gentil. O pai também, com feições barbeadas e uma covinha leve no queixo. O resto dos corpos deles estavam indistintos, mas os rostos o chamavam.

– Jack, venha para nós – disseram eles juntos.

Quando estava prestes a cair no abraço deles, outro rosto apareceu atrás. O coração de Caw deu um salto de horror, pois ali estava o Mestre da Seda, com as mãos de aranha subindo nos ombros dos pais de Caw, afastando-os. Os olhos eram pretos e cintilantes, e o olhar estava grudado em Caw.

Caw deu um pulo para trás com um ruído de susto e quase caiu da cadeira. Estava na cozinha de novo. Alvo o observava, ainda com a cabeça inclinada.

– O Mestre da Seda – disse Caw. – Eu o vi!

– Ele está esperando você – disse Quaker seriamente.

– Eu? Por quê?

– Por que você acha? – disse Quaker. – Só o encantador de corvos pode brandir o Bico do Corvo.

– E trazê-lo de volta – disse Caw, em uma onda de compreensão. – Se eu cortar o véu, ele pode voltar. É por isso que os seguidores dele precisam do encantador de corvos.

Felix Quaker assentiu e tomou um último gole de chá, para depois pousar a xícara na mesa com determinação.

– O engano deles fez você ganhar um pouco de tempo, mas eles logo estarão de volta atrás de você.

– Isso pode ser verdade – disse Caw, ficando de pé. – Mas não planejo me esconder como você. Obrigado pelo chá, mas preciso ir agora. Preciso encontrar Lydia.

Quaker esticou a mão para acariciar um gato laranja que andava ao redor de seus tornozelos.

– Meu lugar é aqui – disse ele. – Ajudei o quanto pude.

Uma leve batida na porta fez os dois erguerem o rosto. Migalha estava esperando na entrada da cozinha, com Pip ao lado.

– Ainda mais invasores, pelo que vejo – reclamou Quaker.

– A porta da frente estava escancarada – disse Migalha. – Parece que você teve visitantes não desejados. Embora eu ache que todos os visitantes são indesejados aqui. – O olhar dele seguiu para Caw e os corvos, e sua expressão se enrijeceu. – Onde está Lydia?

– Eles a levaram – respondeu Caw com tristeza. – Acham que ela é a ferina dos corvos.

O rosto de Migalha demonstrou pouca emoção além de um leve dilatar de narinas, mas Pip passou por ele, empurrando, e apontou com raiva para Caw.

– Você devia ter ficado com a gente, seu burro – disse ele. – Nós dissemos que você não estava pronto!

– E vocês estavam certos – reconheceu Caw, intimidado pelas palavras cruéis do garotinho. – Mas vou compensar.

– E como você vai fazer isso? – perguntou Pip.

– Você precisa me ensinar tudo que puder – respondeu Caw para Migalha. – Rápido. Por favor, você precisa me ajudar. *Alguém* precisa me ajudar. – Caw olhou para Quaker, mas o ferino dos gatos não olhou nos olhos dele. – Por favor, Migalha – repetiu Caw. – A vida de Lydia depende disso.

Migalha parecia estar mergulhado em pensamentos, seus olhos grudados no chão. Caw prendeu a respiração. Finalmente, o ferino dos pombos olhou para ele de novo.

– Muito bem, encantador de corvos – disse ele. – Mas vou logo avisando: vai doer.

# Capítulo 14

No alvorecer, Blackstone ganhava vida como uma criatura se livrando do sono. Ônibus percorriam as ruas, carregando passageiros amontoados depois do turno da noite ou indo para o trabalho cedo. Lixo rolava pelos becos, e os sem-teto se escondiam em frágeis abrigos de papelão, embaixo de pontes e encolhidos em portas, aproveitando as últimas horas de sono sem ser incomodados. Lojistas levantavam portas com ruídos altos.

Caw sentia dor da cabeça aos pés quando eles desceram Herrick Hill e entraram no bairro empresarial, que não era mais a cidade fantasma de aço e vidro da noite anterior, mas vibrava com homens e mulheres de terno, deslocando-se como insetos nos formigueiros gigantescos que eram os escritórios. Todos pareciam ocupados demais para reparar no estranho trio que andava entre eles, o homem desgrenhado e os dois garotos, nem no estranho grupo de pássaros o sobrevoando.

Os ossos de Caw pareciam soltos e ruidosos, e os tendões entre os músculos gritavam a cada passo. Ele tinha arranhões em cada parte de pele exposta. Mas não podia reclamar. Tinha pedido a Migalha para ensinar a ele, e as aulas foram tão dolorosas quanto ele prometera. Eles treinaram no quintal enorme de Felix Quaker, o ferinos dos gatos concordou em ajudar pelo menos assim. Portanto, durante várias horas, foi Caw contra Migalha; corvo contra pombo; os ferinos e suas criaturas batalhando sob as estrelas.

Algumas coisas ele aprendeu rápido: conseguia chamar centenas de corvos com apenas um pensamento agora. Mas Migalha estava sempre um passo à frente. Era como uma dança cujos passos Caw não conhecia, e estava tão ocupado prestando atenção no ritmo que seus pés tropeçavam um no outro. O encantador de pombos foi impiedoso nos ataques, jogando os corvos de lado, enviando pássaros para arranhar Caw com unhas e bicos. Em determinado ponto, os pombos até levantaram Caw do chão e o jogaram em um arbusto. Ele estava com um hematoma do tamanho da palma da mão debaixo das costelas para lembrá-lo disso.

Quaker e Pip assistiram de fora com uma mistura de diversão sarcástica e uma ocasional careta de solidariedade. A visão dos ratos e gatos lutando lado a lado foi bem estranha, mas ambos os ferinos mantiveram controle de suas criaturas. Caw sabia o que Quaker estava pensando: que Caw era inútil, uma sombra pálida da mãe e das habilidades dela.

O ferino dos gatos foi se acostumando muito lentamente à invasão de sua privacidade e acabou presenteando-os com histórias do Corvus Negro, o maior encantador de corvos. Aparentemente, ele era tão poderoso que conseguia controlar vários bandos de corvos ao mesmo tempo e até, de acordo com algumas fontes antigas, acabou se tornando um. Migalha disse que isso era besteira, e ele e Quaker discutiram sobre o que era lenda e o que era fato histórico por uns bons dez minutos. Pelo menos, deu a Caw um descanso das lutas.

— Queixo para cima — disse o encantador de pombos quando eles chegaram a uma rua deserta entre docas antigas perto do rio.

— Dói ficar com o queixo para cima — resmungou Caw.

— Você me jogou no chão de cabeça, lembra?

Pip riu.

— Aquilo *foi* meio cruel.

— Você definitivamente melhorou — disse Migalha. — Quando terminamos, não estava chorando tão alto quanto no início.

Ele apontou para uma ponte de tijolos que começava na rua.

— Chegamos.

— O que tem aqui? — perguntou Caw.

Migalha trocou um olhar com Pip.

— Você vai ver daqui a pouco.

Ele chamou dois pombos até o braço.

— Cuidem das extremidades da rua. Se a polícia aparecer, deem o alarme.

Os pombos arrulharam em resposta e voaram em direções opostas.

— Me sigam — disse Migalha.

Eles subiram alguns degraus para uma estação de monotrilho abandonada, meio envolta por um toldo fixo de metal que cobria os trilhos. Havia trens velhos de lado, enferrujados e cobertos de pichação, com janelas quebradas. Os três corvos de Caw pousaram em cima de uma cabine de venda de bilhetes amassada. Apesar de o sol ainda estar invisível por trás dos prédios, o amanhecer cobria o ar com uma luz delicada, quase opalescente.

167

*Um descanso faria bem!*, comentou Grasnido. *Juro que minhas penas estão doendo.*

*As minhas também*, disse Penoso. *Esses pombos são mais durões do que parecem.*

— Certo — falou Migalha. — Vamos ver o que você aprendeu.

— De novo? — reclamou Caw.

Migalha andou até a extremidade dos trilhos.

— Foco, encantador de corvos — pediu ele com seriedade.

Pip se posicionou fora de caminho, na beirada dos trilhos com vista para a rua, com um rato sobre cada ombro.

— Pelo menos lute — disse Pip. — Fico entediado vendo você se machucar.

Caw olhou com raiva para ele, e o encantador de ratos retribuiu com uma piscadela.

*Vou mostrar para eles*, pensou Caw. Ele fechou os olhos e chamou os corvos. Em segundos, o ar se encheu deles. Pousaram em seus braços e no chão ao redor. Com um sinal da mão, ele os separou em duas linhas, uma para atacar e outra para ficar atrás e defender, como Migalha ensinou.

— Ótimo! — disse Migalha.

E, sem aviso, abriu a mão e os pombos desceram em uma onda.

Caw enviou o primeiro grupo de corvos contra eles. Eles se enfrentaram no ar em uma massa manchada de penas pretas e cinza, guinchando e grasnando loucamente. Fora de vista, Caw correu para o lado e se abrigou atrás de um quiosque inclinado. Enviou o restante dos corvos, na esperança de atacar Migalha pelo lado. Mas Migalha estava pronto. Um muro de pombos se ergueu do chão, com garras esticadas. O ferino mais velho rolou atrás da confusão e ficou do outro lado.

– Nada mau, Caw! – elogiou ele. – Caw?

Caw sorriu com satisfação ao espiar. Migalha não o tinha visto.

Um barulho alto o fez erguer o rosto. Era um pombo pousado no alto do quiosque, olhando para ele.

– Ah, aí está você – disse Migalha. – Obrigado, Bobbin.

Rapidamente, Caw chamou mais corvos. Alguns se afastaram da batalha com os pombos. Mas ao mesmo tempo ele viu um exército de novos pombos descendo de um telhado ali perto.

Eles voaram baixo bem na direção dele.

*Ele acha que me pegou, mas está enganado.*

Caw ergueu a mão direita, e as reservas que ele tinha embaixo da ponte subiram em uma nuvem negra. Ele deixou que interceptassem a onda de pombos. Ao mesmo tempo, mandou Grasnido, Penoso e Alvo se aproximarem por trás de Migalha. Ele os viu pousarem nas costas do encantador de pombos, batendo as asas na cara dele e derrubando-o. *Sim!* Ele deu um soco no ar.

Migalha deu um grito de choque quando seus joelhos bateram na plataforma e seus bandos de pombos se espalharam, desarrumados. Uma dúzia passou pela cabeça de Caw, voando baixo. Caw se agachou e viu que os pombos estavam indo diretamente para cima de Pip. O garoto desviou e gritou quando os pássaros passaram por ele, contornando-o e fazendo-o cambalear. Caw sentiu uma pontada de pânico ao ver uma perna escorregar da lateral dos trilhos. Pip balançou os braços para se equilibrar e caiu da beirada, soltando um grito agudo.

— Pip! — berrou Migalha.

— Ajude-o! — gritou Caw, esticando um braço para qualquer corvo que estivesse ouvindo.

Eles se espalharam pelo trilho como uma onda negra. Ele prendeu a respiração, esperando um baque.

Um segundo passou. E outro.

No terceiro, os corvos subiram com Pip se contorcendo nas garras. Eles o colocaram cuidadosamente na plataforma. O rosto do garoto estava pálido quando ele ajeitou a roupa.

Migalha correu até o ferino dos ratos, com pombos voando de todos os lados. Segurou Pip e o olhou de perto, depois lançou um olhar para Caw e acenou, com os olhos cheios de alívio.

— Acho que o duelo acabou — disse ele. — Você já provou seu valor, encantador de corvos.

*Aí, Caw!*, gritou Grasnido.

*Você foi bem*, disse Penoso.

Caw corou de orgulho, com o coração disparado pela luta. Pip se soltou de Migalha.

— Achei que estava morto — disse ele, inflando as bochechas. — Obrigado, Caw.

Caw sorriu.

— Agradeça aos corvos — disse ele.

— Não, foi você — disse Pip. Ele baixou o olhar, envergonhado. — Me desculpe por ter duvidado antes.

Caw deu de ombros, sentindo-se constrangido. Mas depois que a euforia do momento passou, a seriedade do que os esperava o atingiu com força total.

— Agora — disse ele. — Como encontramos Mandíbula e os outros?

Migalha olhou para os dois lados da plataforma. Os pombos que vigiavam a rua voaram para ele, piando de leve.

– Ainda não – disse ele. – Não viemos até aqui só para praticar.

Um pombo pulou com impaciência na frente dele e arrulhou.

– O tempo que precisar, Bobbin – disse Migalha.

Naquele momento, dois ratos marrons apareceram correndo na plataforma. Quando Pip se abaixou para pegá-los, outro correu embaixo dos pés de Caw. Pip colocou todos nos ombros. Um dos ratinhos levou o focinho ao ouvido dele.

Os olhos de Pip se iluminaram.

– Eles estão chegando.

– Quem está cheg... – começou Caw.

Mas, ao falar, sentiu uma presença atrás de si e se virou.

Uma mulher corcunda com uma bengala caminhava na direção deles, arrastando um pouco um dos pés. Usava galochas e várias camadas de roupa. Um xale xadrez cobria a cabeça, mas alguns fios de cabelo branco apareciam. Havia alguma coisa errada com os olhos dela; eles giravam e apontavam em direções diferentes, como se ela não conseguisse decidir para onde olhar. Caw relaxou. Ela podia ser louca, mas não devia ser uma ameaça muito grande.

Mas, quando ele se virou para Migalha, seu coração deu um pulo. Mais três pessoas tinham aparecido do outro lado da plataforma. Uma era um jovem negro com porte atlético, vestindo um elegante terno executivo e carregando uma pasta. Estava com um jornal debaixo do braço, e Caw viu o próprio rosto na primeira página. Caw recuou para trás de Migalha.

– Não corra – disse o encantador de pombos com firmeza. – Você não quer assustá-los.

Ao lado do homem de terno havia uma mulher jovem, com talvez 20 e poucos anos, de cadeira de rodas. Cachos castanhos emolduravam um rosto delicado e atraente, com olhos puxados. Ela estava sendo empurrada por um homem musculoso de maxilar quadrado, usando um macacão, como se tivesse acabado de sair de um canteiro de obras. O cabelo castanho estava ficando grisalho nas pontas, e Caw reparou que as mãos eram enormes e poderosas. Os quatro recém-chegados se dirigiam silenciosamente para Caw, Pip e Migalha.

– Isso é tudo? – perguntou o encantador de pombos. – Eu esperava mais.

Pip deu de ombros.

– Mandei um monte de ratos – disse ele. – Quaker disse que era suficiente o que aconteceu na casa dele. Acho que estava com medo. Talvez os outros também estejam.

A garota deficiente ergueu a mão em cumprimento, e, pela gola aberta do casaco, dois esquilos apareceram com hesitação, um vermelho e um cinzento. Um contornou as costas dela e se sentou no ombro, enquanto o outro se acomodou no braço da cadeira. Eles olharam para Caw.

– Ela é uma ferina! – ofegou Caw.

– Todos são – murmurou Migalha.

Caw se virou para a senhora idosa na hora em que três centopeias gigantes, cada uma com 1 metro de comprimento e da grossura do dedo de Caw, correram pelo casaco dela. Duas desapareceram nas mangas e a terceira entrou na galocha.

*Humm, que gostoso*, disse Grasnido, estalando o bico.

Caw não conseguia ver animais em nenhum dos dois homens. O de terno se inclinou, colocou a pasta no chão e a abriu. Um enxame de abelhas subiu em espiral. Caw sentiu um sorriso se espalhar nos lábios.

— Obrigado por virem — disse Migalha.

— Por que você nos chamou aqui? — perguntou o homem que empurrava a cadeira de rodas, com voz mal-humorada.

Ele parecia irritado, talvez até zangado. Os olhos de Caw observaram o corpo dele, perguntando-se se havia alguma criatura escondida nas roupas.

— Você sabe por que, Racklen — disse Migalha. — Deve ter sentido.

— Nós dois sentimos — disse o homem, virando a cabeça de leve.

Caw acompanhou o olhar, e seu coração deu um pulo repentino. Ao lado da plataforma, escondida nas sombras, uma forma grande e cinza se agachava. Ele nunca tinha visto um lobo na cidade. Seus olhos amarelos os examinaram, e ele se afastou.

— O Mestre da Seda — disse a garota na cadeira de rodas, atraindo a atenção do menino.

— Isso mesmo, Madeleine — disse Migalha. — A propósito, como você está?

Os esquilos da garota inclinaram a cabeça, com os focinhos tremendo. Caw não tinha certeza, mas pensou ver alguma coisa no olhar que Migalha trocou com ela, um certo carinho. Eles devem ter aproximadamente a mesma idade, ele supôs.

— Eu *estava* bem — disse ela. — Até hoje de manhã.

O ferino das abelhas balançou a mão, e seu enxame girou ao redor dele como um tornado.

– Todos vimos os sinais, Migalha. Mas o Mestre da Seda está morto e se foi.

Migalha assentiu.

– Mesmo assim, seus seguidores estão soltos na cidade – disse ele. – E... agora estão com o Bico do Corvo.

Os ferinos reunidos se mexeram com desconforto e trocaram olhares nervosos. Foi a ferina das centopeias que falou primeiro. A voz da mulher era rouca e fraca, mas os olhos eram cheios de fogo.

– O Bico do Corvo é um artefato inútil – disse ela. – Não existe encantador de corvos para brandi-la agora que a pobre Lizzie morreu.

*Lizzie*, pensou Caw, com um salto no coração. *Minha mãe.*

Migalha colocou a mão no ombro de Caw.

– Há um encantador de corvos vivo, Emily – disse Migalha. – O filho dela.

A encantadora de centopeias hesitou.

– Esse garoto... o encantador de corvos? – disse ela.

– Impossível! – disse a garota na cadeira de rodas.

O ferino das abelhas riu.

– Migalha, o garoto Carmichael morreu com os pais. Esse garoto está enganando você e desperdiçando nosso tempo. Preciso ir ao fórum. Vejo você por aí.

Ele guardou as abelhas na pasta, fechando-a, e se virou para ir embora, com os outros.

– Esperem! – disse Pip.

O ferino das abelhas balançou a cabeça.

– Fique longe de problemas, encantador de ratos.

Pip olhou para Caw.

– Mostre a eles!

Caw levou as mãos ao peito rapidamente. Em segundos, três bandos de corvos surgiram ao redor deles em trilhas pretas espiraladas, cada uma envolvendo um ferino. Foi preciso toda a concentração de Caw para mantê-los no lugar, mas funcionou. Os ferinos pararam na hora, e o encantador de lobos ficou olhando para Caw com a testa franzida.

— Jack Carmichael? — perguntou ele.

— Pode me chamar de Caw — disse o garoto.

Ele liberou os corvos com um aceno de mão, e as aves se espalharam para longe da estação.

A garota da cadeira de rodas, Madeleine, olhou para Caw friamente.

— Seria melhor se você *estivesse* morto — disse ela. As palavras penetraram nele como uma espada. — Você é um perigo. — Ela voltou a atenção para Migalha. — Mande-o para longe de Blackstone para sempre. Enquanto você mantiver o garoto em segurança, o Mestre da Seda não tem esperança de voltar.

A raiva inundou o peito de Caw. Como eles ousavam falar sobre ele como se não estivesse ali?

— Não vou a lugar nenhum — disse ele.

Madeleine segurou as rodas e tomou impulso para a frente, até os pés de Caw.

— Você acha que eu sempre fui assim? — disse ela. — Não. O Mestre da Seda me botou nessa coisa.

Caw tentou sustentar o olhar dela.

— Sinto muito — disse ele. — Eu não sabia.

— Você não sabe de nada — disse ela, sua voz suavizando um pouco.

Caw olhou para Migalha. *Estamos perdendo-os*, pensou ele.

– Olhe, eu posso não ter lutado no Verão Sombrio, mas meus pais lutaram. Nós temos que fazer *alguma coisa.*

– Essa é a velha teimosia dos Carmichael em você – disse Racklen, o ferino dos lobos. – Seus pais também não aceitaram fugir, e olhe o que aconteceu com eles.

As palavras dele ameaçaram abalar a determinação de Caw.

– Alguns dias atrás, eu nem sabia que havia outros ferinos. Mas agora eu sei sobre o Verão Sombrio. Nós ganhamos, não foi?

O encantador de lobos balançou a cabeça.

– Houve apenas perdedores naquela guerra – falou o homem.

– Por favor, nós temos que lutar – pediu Caw. – Os seguidores do Mestre da Seda estão com minha amiga. Eles pensam que ela é a encantadora de corvos, mas ela não é. É só uma garota.

– Então ela não é preocupação *nossa* – afirmou a ferina dos esquilos.

Ela virou a cadeira e rolou para o fim da plataforma.

– Maddie está certa – disse a mulher idosa. – Migalha, derrotamos o Mestre da Seda, mas você deve saber que não podemos fazer isso de novo. Havia mais de nós naquela época. Éramos mais jovens e mais poderosos.

– Sou mais poderoso agora – disse Migalha. – Andei praticando.

A encantadora de centopeias lançou um olhar sofrido para ele e esticou a mão enrugada.

– Migalha, você sempre foi um garoto corajoso – disse ela –, mas, por favor, não me peça isso. Você sabe muito bem o que sofri. – Ela começou a sufocar as lágrimas. – Eu perdi meus... meus filhos. – Os ombros dela tremeram quando Migalha a abraçou, com o queixo apoiado na cabeça dela. Depois de alguns momentos, ela se recompôs e secou os olhos com um lenço. – Minha linhagem termina comigo, Migalha. – O olhar dela se desviou para Caw. – Se você for sensato, encantador de corvos, vai fugir para não sofrer o mesmo destino. – Ela passou a mão na bochecha de Migalha. – Cuide-se, Samuel.

Migalha assentiu e a viu ir embora, seguida pelo ferino dos lobos.

O encantador de abelhas ainda não tinha se mexido quando ela chegou ao fim da plataforma.

– E você, Ali? – perguntou Migalha. – Vai nos ajudar?

O encantador de abelhas repuxou os lábios, empurrou os óculos para cima e pegou a pasta de novo.

– Migalha, passamos por momentos difíceis naquela época, mas foi diferente. Os riscos eram altos. Meus enxames deram a vida naquela guerra.

– Os riscos são altos agora – disse Migalha.

– Não os mesmos, irmão – disse Ali. – O Bico do Corvo é só um mito. O tipo de coisa em que aquele recluso maluco Quaker acredita. Quem pode dizer se funciona mesmo?

Ele começou a se afastar também.

– E se você estiver errado? – perguntou Pip.

– Vou correr o risco – respondeu o encantador de abelhas sem olhar para trás.

– Covardes! – gritou Pip.

Mas os ferinos foram embora tão silenciosamente quanto tinham chegado.

– Desculpe, Caw – disse Migalha. – Parece que somos só nós três.

Caw suspirou, e de repente todas as dores pareceram um pouco mais profundas e mais intensas do que antes.

– Nós quatro – disse uma voz de mulher.

Naquele momento, o sol do amanhecer surgiu acima da plataforma e lançou uma luz intensa nos olhos de Caw, quando uma pessoa alta saiu de um dos vagões abandonados.

*Ela devia estar observando o tempo todo*, pensou Caw, piscando para conseguir ver o rosto dela.

Migalha levou um susto, recuou e apertou os olhos.

– Velma? É você?

Quando a mulher deu um passo à frente para a sombra do toldo, Caw ofegou. O cabelo estava solto ao redor do rosto, e os olhos pareciam ligeiramente puxados nos cantos e mais luminosos do que antes. O casaco comprido era ajustado ao corpo, laranja com manchas brancas. Mas o rosto era inconfundível.

– Oi, Caw – disse a Sra. Strickham.

# Capítulo 15

— **M**as... – balbuciou Caw. – Como você...?

– Vocês se conhecem? – perguntou Migalha, franzindo a testa.

– Você cresceu, Migalha – disse a Sra. Strickham. – Eu gostaria que estivéssemos nos vendo em circunstâncias melhores.

Migalha pela primeira vez pareceu sem palavras. A expressão nos olhos dele era uma mistura de assombro e descrença, como uma criança atônita.

– Soube que você convocou uma reunião. – Ela estava quase deslizando para perto deles. – Considerando minha crise atual, achei boa ideia vir também.

Caw olhou com culpa para Migalha, que estava balançando a cabeça.

– Você é a última pessoa que eu esperava ver – disse o encantador de pombos. – Achei que tivesse saído da cidade de vez.

Apesar da expressão severa, o lábio da Sra. Strickham tremeu.

– Eles estão com a minha filha, não estão?

A testa franzida de Migalha deu lugar a um choque boquiaberto.

– Lydia é sua...?

– É – disse a Sra. Strickham. – Quando vi que ela não estava com vocês, temi pelo pior. E parece que eu estava certa. Ela não sabe nada sobre meu... passado. Deve estar com tanto medo, eu... – O rosto da Sra. Strickham começou a desmoronar de dor, mas ela se recompôs rapidamente. – Vou resgatá-la – disse ela, com a voz parecendo um rosnado baixo. – Custe o que custar.

– Você é uma ferina – disse Caw.

A Sra. Strickham desviou o olhar intenso para ele, e ele se sentiu como a presa sob o olhar do predador.

– Sim, encantador de corvos.

Caw quase não conseguia acreditar.

– É culpa minha – disse finalmente. – Eles pensam que Lydia é a ferina dos corvos. Mas sou eu que eles queriam!

– Lydia jamais gostou de fazer o que mandavam – disse a Sra. Strickham com um sorriso triste.

– Vamos encontrá-la – disse Pip, estufando o peito.

– Ah, o encantador de ratos – disse a Sra. Strickham, pousando o olhar no rato que subia pela manga de Pip. – Eu conheci seu pai, rapazinho. Você tem os olhos dele. – Ela fez uma pausa, e Caw pensou que parecia completamente apavorante, mais ereta do que antes, com o cabelo ruivo solto em ondas como fogo na brisa. – Ele morreu bravamente.

Os olhos de Pip se encheram de lágrimas, mas ele as limpou logo.

– Eu sei – disse ele. – Migalha me contou.

– E agora? – perguntou Caw. – Como encontraremos Lydia?

A Sra. Strickham voltou o olhar intenso para ele.

– Se Mandíbula estava com eles, podemos tentar a velha rede subterrânea da cidade. – Ela apontou para os trilhos.

180

— Durante o Verão Sombrio, diziam que ele e seu grupo se escondiam ali.

— Mas a rede se estende por quilômetros — disse Migalha. — Mesmo que ele esteja lá, como vamos encontrá-lo?

— Talvez eu possa ajudar — disse Pip. O garoto ficou pálido quando Migalha e a Sra. Strickham se viraram para olhar para ele. Mas Caw deu um sorriso, e ele relaxou um pouco. — Há ratos lá embaixo — explicou ele. — Muitos ratos!

— Você consegue chamá-los? — perguntou Caw.

Pip assentiu. Ele se ajoelhou na plataforma, apoiou as mãos nela e fechou os olhos. Caw pulou nos trilhos e viu que desciam para a boca circular de um túnel que levava à escuridão.

Nada.

E então, finalmente, uma criaturinha marrom saiu correndo da boca do túnel. Foi seguida por outra e outra. Em pouco tempo, uma maré de ratos surgiu, saindo das laterais do túnel e caindo do teto.

Os ratos passaram correndo pelos tornozelos de Caw e subiram na plataforma, reunindo-se ao redor de Pip como um tapete marrom em movimento, todos guinchavam para ele. Os olhos do garoto se abriram, e seu rosto se iluminou com um sorriso.

— Nunca chamei tantos! — disse ele com orgulho.

— Mandíbula — disse a Sra. Strickham com rigidez. — Onde ele está?

— Desculpe — disse Pip. Ele prestou atenção de novo e se sentou. — Eles viram um homem grande com uma tatuagem no rosto — disse ele. Não havia triunfo na voz, só um tremor de medo. — Ele vem e vai, e sempre acompanhado por cachorros. Eles vão nos guiar.

O coração de Caw pulou com a ideia do ferino maléfico tão perto.

– Então o que estamos esperando? – perguntou Migalha.

Ele pulou para os trilhos.

Eles partiram juntos. Pip foi primeiro, com uma maré de ratos correndo à frente, enquanto outros subiam nos ombros, nos braços e em dobras nas roupas. A Sra. Strickham vinha logo atrás, com mais ratos se movendo entre os pés. Os corvos de Caw voaram acima e pararam na entrada do túnel. Até Alvo parecia em dúvida quanto a voar lá para dentro.

*Essa é a melhor ideia?*, perguntou Grasnido, verificando o interior do túnel. *Quero dizer... é território inimigo, não é?*

*Está com medo, Grasnido?*, perguntou Penoso.

*Não!*, disse Grasnido. *Só cauteloso, só isso.*

*Bem, eu estou apavorado*, disse Penoso.

Alvo eriçou as penas silenciosamente.

Caw se concentrou e chamou mais corvos e, quando se virou, ficou grato de ver um bando se reunindo atrás de si. Pelos pombos misturados com os corvos, ele supôs que Migalha estava pensando o mesmo. Eles estavam indo para o desconhecido...

– Fiquem perto – disse Caw para os corvos.

– E os trens? – perguntou Pip.

– Essa linha não é usada há uma década – explicou Migalha. – Mas fiquem de olho. É provável que haja alguns elementos perigosos aqui embaixo que não vão querer ser encontrados.

Quando a escuridão os engoliu, Caw apurou a visão para tentar penetrar nas sombras. Se Mandíbula estava mesmo ali, quem sabia que armadilhas poderia ter preparado?

A Sra. Strickham fez um pequeno estalo com a língua. Caw ouviu passos leves, e uma forma peluda seguiu entre os ratos, acompanhando-a com orelhas atentas. Quando seus olhos se ajustaram à penumbra, ele percebeu o que era. Ele se lembrou da criatura laranja escondida entre arbustos na casa dos Strickham na noite do jantar desastroso.

— Você é a encantadora de raposas — disse ele.

A raposa recebeu a companhia de outra, que fez um som de estalo para a Sra. Strickham.

— Você está certa — ela disse para a raposa com um sorriso malicioso. — Ele *é* meio lento.

Caw corou e ficou feliz pela escuridão.

— Por que você não disse antes? — perguntou ele.

A Sra. Strickham manteve o olhar voltado para a frente.

— Porque valorizo minha privacidade — respondeu ela. — Desconfiei de quem *você* era no momento que bati os olhos em você, Jack. Eu não queria que minha filha se misturasse com outros ferinos. Imagino que você tenha me achado muito grosseira.

— Tudo bem — disse Caw.

— Não, não está tudo bem — disse ela. — Porque falhei. — Ela se virou para olhá-lo enquanto andava. — Talvez eu tenha sido ingênua. Achei que poderia proteger Lydia do mundo dos ferinos... Eu queria que ela tivesse uma infância, sabe? Como uma garota normal. Minha própria mãe me negou isso. Assim que tive idade suficiente para entender, comecei a brincar com raposas. Eu sabia desde os 4 anos que um dia teria o dom.

— E Lydia não faz ideia? — perguntou Caw.

A Sra. Strickham balançou a cabeça negativamente.

— Tomei muito cuidado. Depois do Verão Sombrio, eu raramente me encontrava com minhas raposas, apesar de termos passado por muita coisa juntas.

183

— Falando assim, parece que foi simples — murmurou Migalha à frente.

— Eu... sinto muito por Lydia ter se envolvido — disse Caw.

— Sim, eu também — disse Velma Strickham.

Ela acelerou o passo e se adiantou, e as raposas correram para acompanhá-la.

*Acho que ela não gosta muito de você*, disse Grasnido, meio andando, meio voando ao lado de Caw.

— Não se preocupe com ela — disse Migalha, recuando para ficar ao lado dele. — Ela sempre foi um pouco, hã... distante.

— Ela me *odeia* — disse Caw. — E eu não a culpo.

— Ela foi assim comigo no começo — disse Migalha. Depois de uma breve pausa, ele baixou a voz. — Tem uma coisa que você precisa saber sobre Velma Strickham, a propósito. Foi ela quem finalmente matou o Mestre da Seda.

Pip deu um assobio baixo pela escuridão.

Caw olhou para a silhueta da Sra. Strickham quando ela dobrou uma esquina. *Então ela vingou a morte dos meus pais.* Isso tornava tudo pior. Ele tinha um débito com ela.

Gradualmente, seus olhos conseguiram enxergar melhor o túnel à frente, os tijolos em ruínas e os trilhos cinzentos que cruzavam a distância. Não havia sinal de mais ninguém, e não havia cachorros à espreita. Além do rastejar dos pés, ele ouviu a água pingando, o movimento dos ratos e a batida ocasional das asas dos pássaros.

Talvez a Sra. Strickham tivesse razão. Ele estava tão feliz por ter uma amiga que ficou egoísta. Podia ter dito para Lydia ficar na igreja enquanto ia à Mansão Gort. Mas não fez isso. Assim como foi egoísta ao envolver a Srta. Wallace. Ele não sabia naquela ocasião o que eles enfrentavam nem até onde seus inimigos iriam.

Mas agora ele sabia e não ia correr mais nenhum risco com Mandíbula e os outros. Ter uma ferina poderosa como a mãe de Lydia ao seu lado o fazia se sentir bem melhor, mesmo eles não sendo exatamente *amigos*.

A Sra. Strickham parou de repente.

– O que é isso? – murmurou ela.

Caw sentiu também, uma vibração sob os pés.

– Parece um trem – disse Pip com nervosismo, olhando para os dois lados do túnel. – Achei que essa linha não funcionasse mais.

– Não funciona – disse Migalha.

As vibrações foram crescendo a cada segundo, e duas luzes brancas intensas contornaram uma curva atrás deles.

– Corram! – disse Migalha.

Os corvos de Caw o ultrapassaram e voaram pelo túnel na mesma direção que a Sra. Strickham. Caw disparou atrás deles, com Pip correndo do lado e ratos se espalhando em todas as direções.

– Por aqui! – gritou a mãe de Lydia. – Tem uma plataforma à frente.

A luz banhou o túnel, lançando sombras compridas. O rugido do trem preencheu os ouvidos de Caw. Ele não ousou olhar para trás. Só enxergava os trilhos voando debaixo dos pés. Se tropeçasse, era o fim. Depois, ergueu o rosto e viu as paredes azulejadas da estação e a plataforma à altura do peito. Luzes brilhavam à frente. Ele pulou atrás da Sra. Strickham, e ele e Migalha puxaram Pip para a segurança. O trem veio trovejando pelos trilhos atrás deles.

– Se escondam! – gritou Migalha.

185

A Sra. Strickham correu para uma bilheteria antiga, onde eles se agacharam quando os freios do trem cantaram. Havia uma placa na parede, mas Caw não sabia ler.

– Rua Mason – disse Pip, seguindo o olhar de Caw.

– Não estou entendendo – comentou Migalha. – Não devia haver energia aqui embaixo.

O trem parou na plataforma, e os corvos e pombos pousaram no teto, fora do campo de visão. Caw não conseguia ver as raposas da Sra. Strickham em lugar nenhum.

– Alguém deve ter religado os fios – sussurrou ela. – E acho que sei quem foi.

Com um assobio, as portas do vagão abriram. Dois cachorros com as orelhas em pé saíram para a plataforma. Mandíbula veio atrás, lançando um olhar mortal para a esquerda e para a direita.

– Esperem aqui, meninos – murmurou o ferino dos cachorros. – Não vou precisar de vocês aonde eu vou.

Os cachorros farejaram o ar e rosnaram. Mandíbula ergueu a cabeça enorme e apertou os olhos.

– Temos visita, é? – disse ele. – Apareça!

Agachado, Caw sentiu calafrios no pescoço. A Sra. Strickham tinha fechado os olhos, como se estivesse se concentrando intensamente. Quando se abriram, ele viu a determinação dela. Ela começou a se levantar, pronta para a luta...

Sem pensar, Caw pulou e se jogou na abertura à frente dela.

– Caw, volte! – chiou ela.

Mas era tarde demais. Os cachorros se viraram em um piscar de olhos, repuxando a boca sobre os dentes.

– Só você, nanico? – perguntou Mandíbula, sorrindo.

– Onde está Lydia? O que você fez com ela?

– A encantadora de corvos está em segurança, onde é o lugar dela – disse Mandíbula. – Uma pena que eu não possa dizer o mesmo sobre você. Hora do jantar, meninos.

Os dois cachorros correram pela plataforma numa velocidade espantosa. *Venham a mim, corvos!*, chamou Caw. Ele lançou um braço na direção dos cachorros, e mais de vinte corvos desceram do teto do trem, com Penoso, Grasnido e Alvo na liderança.

Mandíbula grunhiu quando os cachorros pararam. Os corvos contornaram e pousaram nas costas dos cachorros com unhas afiadas. Os cachorros se desesperaram, rolando e pulando e mordendo para afastar os agressores. Alguns voaram, outros mantiveram a posição. Um corvo soltou um berro sofrido ao ser jogado na parede.

E então as raposas chegaram. Nove ou dez, rosnando e grunhindo, irromperam dos elevadores abandonados na extremidade da plataforma. Elas cerraram os maxilares nas pernas dos cachorros e fizeram com que uivassem de dor.

Mandíbula cambaleou para trás, com expressão de surpresa e pânico no rosto brutal e tatuado.

Pombos arremeteram contra ele, empurrando-o ainda mais. Conseguiram erguê-lo a alguns metros do chão, depois o jogaram na plataforma. Mandíbula caiu de joelhos e começou a rastejar para as portas abertas do vagão de trem. Os cachorros saíram correndo pelo túnel, perseguidos por raposas e corvos.

– Detenham-no! – gritou a Sra. Strickham.

O ferino dos cachorros quase conseguiu alcançar o vagão, ainda coberto de pombos batendo asas, bicando e arranhando. Esticou um braço sujo de sangue na hora em que a porta se fechou com um estrondo repentino.

Mandíbula grunhiu e rolou pela plataforma, tateando a parede de azulejos e tombando em um tipo de caixa de metal. A tampa enferrujada caiu e deixou à mostra uma confusão de fios elétricos e painéis. Os pombos não pararam. Caw viu que o rosto de Migalha estava contorcido de raiva. Ele percebeu que estava vendo um novo lado de Migalha. O veterano do Verão Sombrio, feroz e vingativo.

Um grupo de ratos saiu de debaixo do vagão e correu para a plataforma na direção do mestre.

— Vocês conseguiram! Vocês fecharam a porta! — disse Pip enquanto os ratos subiam por suas pernas. Ele se virou para os outros. — Eles roeram os fios.

Migalha avançou para cima de Mandíbula e ergueu a mão. Com um bater de asas, os pombos se afastaram da forma prostrada do prisioneiro.

Caw se retraiu ao ver o trabalho dos pombos. O rosto de Mandíbula estava coberto de cortes e arranhões, seu sangue pingando na plataforma. As mãos estavam cortadas e sangravam também.

A Sra. Strickham pareceu não se afetar pela visão terrível. Quando se aproximou, Mandíbula se apoiou na parede. Seus olhos se arregalaram. Ele tinha medo dela, Caw percebeu.

— Você! — disse o ferino dos cachorros. — Foi você quem matou meu mestre!

— Onde está minha filha? — gritou a Sra. Strickham. — O que você fez com ela?

A enorme testa de Mandíbula se franziu.

— Sua *o quê*? — disse ele.

— Você sabe de quem estou falando! — disse a Sra. Strickham.

Enquanto ela falava, três raposas se aproximaram, ameaçadoras, rosnando.

Os sulcos na testa de Mandíbula se aprofundaram.

– Eu não... estou entendendo. Você é a ferina das raposas. Ela não é sua filha.

– Você pegou a pessoa errada – disse Caw. – Eu sou o encantador de corvos. – Penoso e Grasnido pousaram em seus ombros. – Sou eu que você quer.

Mandíbula não disse nada, mas seus olhos arderam com ira incontida.

Uma das raposas pisou no peito do ferino dos cachorros e aproximou a boca do rosto dele.

– Última chance – disse a Sra. Strickham. – Onde ela está?

Caw sentiu frio. Ela estava falando sério? Por piores que fossem as coisas que aquele homem tivesse feito, Caw não conseguia suportar a ideia daquelas raposas machucando-o mais.

Mas, antes que pudesse dizer qualquer coisa, Mandíbula se lançou para o lado, jogando a raposa longe. Ele se levantou e correu, apenas para tropeçar e cair. Cegamente, esticou a mão para se apoiar e segurou na única coisa que conseguiu, o emaranhado de fios expostos dentro da caixa aberta de metal.

Houve um estalo alto, e a boca retorcida de Mandíbula se abriu em um grito silencioso. O corpo dele tremeu e ficou rígido, com as veias do pescoço saltando como minhocas debaixo da pele. Fumaça saiu dos olhos, e ele caiu no chão ao lado da caixa, batendo a cabeça na plataforma.

# Capítulo 16

— Já vai tarde — disse a Sra. Strickham.

Migalha ficou olhando para o corpo do ferino dos cachorros em silêncio. Pip estava tremendo, e Caw colocou a mão no ombro dele. Uma pergunta martelava em seu cérebro.

— Como conseguiremos encontrar Lydia agora? — perguntou ele.

— Reviste os bolsos dele — disse a Sra. Strickham.

Caw se agachou lentamente ao lado do corpo fumegante de Mandíbula. A ideia de tocá-lo o fez tremer, mas não queria parecer fraco na frente dos outros. Ele tateou pela jaqueta do ferino.

— Nada — disse ele.

— Verifique por dentro — disse a mãe de Lydia.

Mas os bolsos de Mandíbula não tinham nada além de uma faca de aparência macabra, com um cabo preto e a lâmina no formato de uma presa afiada. A Sra. Strickham a ergueu.

— Essa era a arma favorita de Mandíbula durante o Verão Sombrio. Ele deve ter voltado aqui para pegá-la. Engraçado, nunca o vi como o tipo sentimental.

Ela jogou a faca no chão com um estalo.

*Espere!*, disse Grasnido, mexendo o bico. *Olhe o sapato dele. Estou vendo uma coisa brilhando!*

Caw examinou a parte de baixo da bota preta de Mandíbula e viu um cintilar prateado. Puxou o objeto da sola de borracha com os dedos. Era uma agulha de bordar em prata.

— Mamba tinha uma dessas na biblioteca — lembrou Caw. Seu coração ao pensar para o que ela a usou. — E olhem as barras da calça dele!

Migalha e a Sra. Strickham averiguaram de perto. Alguns fios multicoloridos de linha estavam presos na parte de baixo da calça jeans de Mandíbula.

— Agulhas e linhas — refletiu Migalha. — Estranho.

— Materiais têxteis — murmurou a Sra. Strickham, franzindo a testa ao refletir.

Uma das raposas dela latiu duas vezes.

— Exatamente o que eu estava pensando, Ruby — disse a Sra. Strickham. — Tem uma fábrica antiga de costura no bairro industrial. Está abandonada há anos, meu marido sempre ouve sobre ações policiais naqueles lados. Seria um lugar perfeito para um esconderijo.

A pele de Caw ficou arrepiada. Os seguidores do Mestre da Seda usavam uma fábrica de costura como quartel-general... Fazia um mórbido sentido.

— Você acha que Lydia está lá? — perguntou ele.

Ele não conseguia acreditar no quanto eles estavam calmos depois do que tinha acabado de acontecer.

— Talvez — disse a Sra. Strickham. — Ou talvez não. Mas é a única pista que temos. Vamos.

Ela se virou para a saída.

— E ele? — perguntou Pip baixinho, apontando para o corpo de Mandíbula.

A Sra. Strickham nem diminuiu o passo.

– Deixem ele pros ratos.

Eles encontraram os cachorros do ferino morto, farejando docilmente os portões da estação subterrânea, com os rabos entre as pernas.

– São inofensivos agora – disse a Sra. Strickham, acariciando um deles atrás da orelha.

O portão de metal estava trancado, mas em pouco tempo Pip o abriu com um conjunto de chaves falsas que tinha no casaco.

A chuva começara a cair enquanto lutavam no mundo subterrâneo. Despencava nas ruas de Blackstone, como se o céu de chumbo estivesse se esvaziando. Os quatro ferinos correram pelo pé d'água, procurando proteção sempre que podiam. Em dias assim, Caw teria puxado bem a lona do ninho e tentado dormir, mas se sentia eletrizado agora. O choque pela brutalidade fria dos ferinos esvaiu lentamente, até só restar pensamentos sobre Lydia. E se ela não estivesse na fábrica de costura? E aí? Ele tentou ignorar as dúvidas, mas não era fácil.

Não havia muitas pessoas na rua quando eles seguiram para o bairro industrial. Pip reviveu a batalha com Mandíbula durante quase todo o trajeto, golpe a golpe. O cabelo louro-escuro estava grudado na cabeça por causa da chuva, mas ele não pareceu se importar.

– Suas raposas foram incríveis! – disse ele para a Sra. Strickham. – Quantas você consegue chamar ao mesmo tempo?

A Sra. Strickham estava segurando um guarda-chuva, e a água escorria pelos lados num fluxo constante.

– Não sei direito – respondeu ela.

– Aposto que consegue chamar um monte! – disse Pip.

– Não tenho necessidade há muito tempo – explicou a Sra. Strickham com cansaço.

– Deixe Velma em paz – exigiu Migalha.

Pip ficou em um silêncio mal-humorado.

Eles logo chegaram aos prédios baixos do bairro industrial, fábricas adormecidas e armazéns abandonados espalhados em ruas paralelas e perpendiculares, intercalados por estacionamentos. Erva-daninha crescia nos becos entre os prédios. Os corvos de Caw voaram à frente. Ele pediu para ficarem atentos a qualquer coisa suspeita, cobras ou baratas escondidas nas sombras. Grasnido pousou em um poste de luz e sacudiu gotas das penas. Mais chuva pingou-lhe do bico.

Caw correu até emparelhar com a mãe de Lydia. O rosto dela estava sem expressão, os olhos distantes.

– Sra. Strickham – chamou ele.

Ela saiu do transe e balançou a mão com impaciência.

– Velma – disse ela. – Como as circunstâncias forçaram nossa aproximação, podemos muito bem não nos tratar como estranhos.

Caw assentiu, mas não conseguiu chamá-la pelo primeiro nome,

– É verdade – prosseguiu, hesitante – que alguns ferinos são capazes de se transformar nos seus animais?

– É o que dizem – disse ela, olhando para a frente. – Apesar de não conhecer nenhum vivo que consiga.

– Então... você não consegue?

Ela se virou para ele com um olhar penetrante.

– Não, não consigo – disparou ela. – E, se eu fosse você, me concentraria em Lydia e pararia de sonhar acordado com o tipo de lenda que Felix Quaker espalha.

Ela parou em um cruzamento e fez um gesto para um prédio cinza sem janelas.

– Chegamos.

– Vamos investigar – disse Migalha.

Ele olhou para Velma, que deu um pequeno aceno.

– Vocês dois precisam esperar aqui fora – disse a mãe de Lydia.

– O quê? – exclamou Caw.

– Essa briga não é de vocês – disse a Sra. Strickham. – Eles são nossos velhos inimigos. E estão com minha filha.

– Meus pais... – começou Caw.

– Seus pais foram mortos pelo Mestre da Seda – disse Migalha. – E, enquanto você não brandir o Bico do Corvo, o Mestre da Seda não pode voltar. Faça o que Velma diz.

– Não! – disse Caw. – Vocês *precisam* de nós.

– Ele está certo! – disse Pip.

Migalha deu um passo à frente e colocou as mãos nos ombros de Caw, olhando-o nos olhos.

– Caw, você não está pronto. É simples assim. – Ele se inclinou e falou com voz baixa. – Além do mais, se eu não voltar, preciso de alguém para cuidar do jovem Pip.

Caw queria argumentar, mas controlou a frustração quando já estava na ponta da língua.

– Tudo bem – murmurou.

Quando Migalha o soltou, Caw viu que eles estavam cercados por 12 raposas e um bando de pombos. Os dois adultos atravessaram a rua lado a lado.

– Você vai deixar eles irem? – perguntou Pip com raiva.

– Vamos ficar vigiando – respondeu Caw, e cada palavra era um esforço. – O Mestre da Seda pode ter outros seguidores por perto.

Emburrado, Pip encostou em um muro.

*Boa decisão*, disse Penoso, pousando ao lado dele. *Deixe que os especialistas cuidem disso. Eles vão encontrar Lydia rapidinho.*

Migalha e a Sra. Strickham pisavam com cuidado pela lateral do prédio em direção a uma porta de metal, suas criaturas se mesclando com as sombras atrás. A chuva estava diminuindo, finalmente.

No momento seguinte, eles desapareceram no prédio.

– Não consigo acreditar que vamos ficar de fora – reclamou Pip.

Ele parecia estar prestes a chorar.

– Não vamos – disse Caw.

Ele começou a seguir os passos de Migalha e da Sra. Strickham.

*Não vamos?*, disse Grasnido, levantando voo.

– Espere! – chamou Pip, correndo atrás dele. – Eu pensei...

– Eu só não queria discutir – disse Caw. – Não tem como eu ficar aqui fora com Lydia em perigo.

Penoso passou voando e pousou no asfalto à frente.

*Caw, você ouviu o que Migalha disse. Isso não é...*

– Não vai adiantar nada falar sobre isso – interrompeu Caw. – Minha decisão está tomada. Pode esperar aqui se quiser.

Penoso suspirou e o seguiu.

Eles chegaram a uma porta ainda entreaberta. Estava escuro lá dentro. Caw entrou com Pip em seu encalço. Quando os olhos se ajustaram à escuridão, ele identificou centenas de mesas e cadeiras se estendendo na distância. Cada mesa tinha uma máquina em cima. Poeira cobria o chão, tornando os passos de Migalha e da Sra. Strickham fáceis de identificar. Algumas das máquinas ainda tinham pedaços de tecido ao lado.

— Máquinas de costura — sussurrou Pip.

Alvo, Grasnido e Penoso pousaram nas mesas mais próximas. O enorme salão estava tão silencioso que Caw conseguia ouvir o movimento das asas.

Na metade da sala, havia um escritório fechado, encostado na parede da fábrica. O piso estava cheio de papéis, e havia manequins encostados em uma parede, cobertos com tecido. Caw supôs que ninguém trabalhava ali havia muito tempo. Talvez desde o Verão Sombrio.

Os passos na poeira levavam para o canto mais distante da construção. Alguns ratos andavam perto da parede mais próxima.

— Apoio — disse Pip com seriedade.

Caw sorriu, embora não conseguisse imaginar que ajuda pequenos roedores poderiam dar. No canto, viu degraus de metal em espiral que desciam para um porão.

— Está ouvindo? — perguntou Pip.

Caw inclinou a cabeça e prestou atenção. Havia algum tipo de som ritmado vindo de baixo.

— Parece um cântico — disse ele.

Ele não conseguiu discernir as palavras.

Desceu a escada com o coração disparado, posicionando cada pé com cautela.

Antes de Caw chegar ao fim da escada, uma cacofonia de uivos e gritos tomou conta do ar. Ele se apressou na direção da luz no fim de um corredor vazio. Os sons de animais ficaram mais altos, e ele saiu correndo. Ao parar, viu um par de portas com pequenas janelas de vidro. A luz e os sons horríveis vinham do outro lado.

Ele chegou mais perto e olhou.

A primeira coisa que viu foi um círculo de raposas montando guarda ao redor da Sra. Strickham, com os pelos eriçados e, rosnando, mas hesitantes, como se com medo de avançar. Os pombos se comportavam igual, voando em círculo ao redor de Migalha.

Caw abriu uma fresta na porta, tomando cuidado para permanecer escondido. Viu um grande depósito, cercado de estrados e caixas e iluminado por velas, refletidas nos dutos prateados de ar-condicionado do teto. Por trás veio um leve som de surpresa quando Pip se juntou a ele na fresta e espiou com olhos arregalados.

Mamba e Rasteiro ocupavam o centro do aposento, a vários metros de distância um do outro, desarmados, pelo que Caw conseguia ver. Ele prendeu a respiração. Entre eles estava Lydia, segurando o Bico do Corvo e tremendo. Havia um capuz sobre sua cabeça e seu pescoço. Aos pés, no chão, estranhas formas estavam desenhadas com uma densa substância preta.

— Não ousem machucá-la! — ordenou a Sra. Strickham.

— Mãe? — perguntou Lydia. — Mãe, é você?

— Boa tentativa, minha querida — disse Rasteiro —, mas nós sabemos que ela não é a sua mãe. É a nojenta da encantadora de raposas.

— Não se preocupe, Lydia — garantiu a Sra. Strickham, com voz tensa de ansiedade. — Tudo vai ficar bem agora.

Rasteiro riu.

— Acho que não — disse Mamba. — A não ser que todo mundo faça exatamente o que eu mandar. Primeiro, vamos nos livrar de todas essas raposas, certo? — Ela apontou para uma caixa grande com a lateral aberta. — Ali está bom.

A mãe de Lydia olhou com desespero para a filha e para os animais a seus pés. A um movimento de mão dela, as raposas correram sem hesitação ao mesmo tempo para a caixa, espremendo os corpos uns sobre os outros para se acomodarem. Mamba andou até lá e fechou a tampa, prendendo as raposas.

— Os pombos também — disse ela. — Para fora.

Migalha hesitou por um momento antes de levantar a mão. Os pombos alçaram voo, e Caw se afastou da porta na hora que eles atravessaram em uma corrente, desaparecendo no final do corredor. Cuidadosamente, Pip abriu de novo uma fresta da porta.

— Agora — disse Mamba, concentrando a atenção em Lydia. — Use o Bico do Corvo.

— Vá em frente, Lydia — disse a Sra. Strickham. — Faça um buraco no véu!

— Já falei mil vezes — disse Lydia. — Não sei fazer isso. Eles ficam me chamando de encantadora de corvos! O que você está *fazendo* aqui, mãe?

Ela parecia com medo, sua voz abafada pelo capuz.

Rasteiro mexeu os pés e lançou um olhar nervoso para Mamba.

— Chega! — sibilou a ferina das cobras. — Não viemos tão longe para sermos enganados por um truque estúpido. Sabemos que sua mãe verdadeira morreu há muito tempo, encantadora de corvos. Agora, ande logo!

— Mãe, por favor, diga a verdade para eles! — pediu Lydia. — Diga que sou só uma garota normal!

— Me escute, querida — disse a Sra. Strickham. — Faça o que a moça mandou. Levante a espada e arraste de um lado para o outro.

– Mas...

– Faça! – ordenou a Sra. Strickham com severidade.

De repente, Caw entendeu. *Se Mamba e Rasteiro perceberem que Lydia é inútil para eles, vão matá-la na mesma hora.*

Mamba começou a cantarolar um murmúrio de novo.

– Ela o está chamando – sussurrou Pip, com os olhos arregalados de medo. – Aquelas formas no chão e aquela língua esquisita são para falar com os mortos. Migalha me explicou uma vez. Ela deve estar dizendo para o Mestre da Seda ... se preparar.

Lydia balançou o Bico do Corvo. Nada aconteceu.

– Tente de novo, Lydia! – disse a Sra. Strickham.

Ela deu um passo à frente, e Rasteiro estalou os dedos e se virou para ela. Baratas saíram de dentro das roupas dele e correram pelo chão, com as cascas estalando.

– Pare aí mesmo! – disse ele, enquanto as criaturas formavam um círculo ao redor de Migalha e da Sra. Strickham. – Senão elas vão arrancar a carne de seus ossos.

– Não está funcionando – sibilou Mamba.

– Talvez a melequenta estivesse falando a verdade – disse Rasteiro. – Talvez a encantadora de raposas seja mesmo mãe dela, o que quer dizer...

– A garota só está com medo – disse Migalha, numa tentativa óbvia de enrolar. – Deem outra chance a ela.

– Não tempos tempo para isso – retrucou Mamba.

Ela se aproximou de Lydia e apertou os olhos. Em seguida, esticou a mão e tirou o capuz da cabeça da menina.

– Não! – ofegou a Sra. Strickham.

O coração de Caw parou. Enrolada com firmeza no pescoço de Lydia estava uma cobra preta. O animal ergueu um pouco a cabeça e parou ao lado da orelha da menina. Lydia se encolheu quando a cobra botou a língua para fora.

– Essa cobra é só um bebê – disse Mamba –, mas sua picada vai matar uma fedelha como você em menos de um minuto. Você vai morrer como seu cachorro, com espasmos de dor. Quando seu pai vir seu corpo, vai estar tão inchado que ele não vai reconhecê-la. A hora de brincar acabou. Corte o véu nos próximos três segundos, senão minha paciência vai se esgotar. Um...

– Por favor – implorou a Sra. Strickham.

– Dois...

– Não faça isso – disse Migalha.

– Três...

Caw entrou pela porta, com os corvos e Pip logo atrás.

– Parem! – gritou ele. – Eu sou o encantador de corvos!

– É o garoto maltrapilho da biblioteca! – disse Rasteiro, com desprezo. – Mas como ele...?

Mamba apertou um punho e deu um soco na palma da outra mão.

– É claro que é ele! – concluiu ela. – Ele devia estar na casa dela quando os corvos estavam esperando do lado de fora. Quando minha cobra matou o cachorro.

Caw olhou para a Sra. Strickham, ela estava com o rosto rígido de medo. Se ele pudesse distraí-los por tempo suficiente, Lydia talvez escapasse viva.

– Mandíbula também percebeu – disse Caw. – Antes de morrer.

Rasteiro olhou para Mamba e para Caw, piscando rapidamente.

– Morto? – perguntou ele. – Você está mentindo.

– É verdade – garantiu Migalha. – Nem uma montanha de carne como Mandíbula consegue aguentar 20 mil volts.

Rasteiro apertou os olhos, e as baratas ao redor da Sra. Strickham e de Migalha correram ao mesmo tempo para cercar Caw.

– Não tem medo, é? – disse o encantador de baratas. – Devia. Você não vai passar de ossos e farrapos se eu mandar. Seus amigos com penas não podem fazer nada.

– Vocês precisam de mim – falou Caw. – Sou o único capaz de usar o Bico do Corvo.

– Caw, não! – implorou Lydia.

Mamba lançou um olhar para ela, e Lydia engasgou quando a cobra ao redor do pescoço deslizou para apertar um pouco mais, balançando a cabeça de um lado para o outro. Os olhos de Lydia começaram a saltar, e o rosto foi escurecendo.

– A pobre garota não consegue respirar direito – debochou Mamba. – Se eu apertar mais, as veias vão começar a estourar.

Caw se aproximou, e as baratas foram com ele, levando-o para mais perto da amiga. Com um pulo de horror, ele viu que as formas negras no chão não eram pintadas. Eram feitas de aranhas, centenas delas, todas sentadas, perfeitamente imóveis. Juntas, elas formavam um círculo distorcido com oito pernas tortas.

– Solte-a – exigiu Caw com desespero.

– Você sabe o que queremos – disse Rasteiro. – Você tem a chave.

Caw olhou para a Sra. Strickham e para Migalha. O maxilar do encantador de pombos estava contraído. A Sra. Strickham fechou as pálpebras lentamente, de resignação ou porque não suportava olhar. O que isso queria dizer? O que ele devia fazer?

– Tudo bem! – disse Caw. – Vou abrir a porta para a Terra dos Mortos. Mas soltem ela, por favor!

– Corte o véu e *depois* nós a soltamos – disse Mamba.

– Não – sussurrou Migalha. – Ele não pode voltar.

– Não temos escolha – explicou Caw. – É o único jeito.

Ele olhou para a Sra. Strickham. Os olhos estavam abertos de novo, e as emoções lutavam no rosto dela.

– Se ele voltar, estamos todos mortos – avisou Migalha, seus olhos suplicando para a mãe de Lydia. Ele parecia um garotinho completamente apavorado.

*O encantador de pombos está certo*, disse Penoso. *Você não pode.*

*Escute Penoso, Caw. Por favor*, disse Grasnido.

Caw olhou para Alvo em busca de orientação. O pássaro branco não disse nada, mas alguma coisa nos olhos dele deu coragem a Caw e pareceu dizer que a escolha que ele já fizera no coração era a certa.

Quando Caw chegou ao círculo de aranhas, as baratas pararam, como se tivessem medo de atravessá-lo. Caw entrou no círculo e sentiu uma pontada de náusea no estômago, como se o mundo tivesse se inclinado um pouco.

– Me dê o Bico do Corvo, Lydia – disse Caw.

O preço não importava, ele não podia deixar Lydia morrer. Tinha que salvá-la.

– Caw, não faça isso – disse Migalha. – Você não estava lá oito anos atrás. Não pode entender o que está fazendo.

A Sra. Strickham continuava em silêncio, com o queixo um pouco erguido em desafio, mas com a pele desesperadamente pálida.

O rosto de Lydia estava molhado de lágrimas quando ela entregou o Bico do Corvo para Caw. Os olhos dela se fixaram nos dele, esbugalhados de medo. Quando os dedos dele se fecharam sobre o couro frio, Caw se surpreendeu com o quanto a espada era leve; parecia mais um ramo de salgueiro do que metal. E encaixava-se perfeitamente na mão dele.

– Isso mesmo – disse Mamba, quando a cobra afrouxou o aperto no pescoço de Lydia.

– Fique de pé no centro – mandou Rasteiro.

– Caw, pare! – gritou Migalha com raiva. – Pelo nome dos seus pais, largue o Bico do Corvo.

Lydia olhava de Caw para a mãe. Mamba tinha recomeçado o cântico.

Os três corvos desceram pelo aposento sem ser chamados. Penoso e Grasnido de repente recuaram, chiando.

*Não conseguimos atravessar!*, disse Penoso.

*Caw, saia daí!*, gritou Grasnido.

Só Alvo pousou no ombro dele.

– Veio me fazer companhia? – perguntou Caw.

Alvo piscou, e Caw se viu refletido no olho claro do corvo.

Caw ergueu o Bico do Corvo.

– Lembre-se do nosso acordo – disse ele para Mamba.

Ele moveu a espada no ar e sentiu uma leve resistência, como se estivesse cortando um tecido. Um filete repentino de luz ofuscante o fez virar o rosto.

– Está funcionando! – exclamou Rasteiro. – Continue cortando!

Ao lado, Caw viu que Migalha estava boquiaberto. E a Sra. Strickham tremia.

– Me desculpe, Caw – disse Lydia. – Me desculpe.

Ele moveu o Bico do Corvo em curva. Apertando os olhos contra a luz, ele não conseguia ver nada atrás do portal iluminado e irregular.

— Agora dê um passo para trás — sibilou Mamba, com o rosto vivo de empolgação. — O portal só vai durar alguns momentos.

Caw recuou e sentiu um puxão na mão. Virou-se e viu Lydia ao seu lado.

— Você já me salvou tantas vezes — murmurou ela, com voz estrangulada e rouca. — Agora é minha vez de salvar você.

— Lydia... — disse a Sra. Strickham, com urgência na voz.

Antes que Caw percebesse o que estava acontecendo, Lydia tomou o Bico do Corvo e pulou no portal, com a cobra ainda enrolada no pescoço.

— Não! — gritou Mamba.

Em uma fração de segundo, o portal se fechou, as velas se apagaram e todas as aranhas aos pés de Caw saíram correndo e desapareceram nas sombras.

Lydia tinha sumido.

# Capítulo 17

**C**aw desabou no chão com o choque. O ar ficou frio de repente, e em meio ao barulho em sua cabeça ele conseguiu ouvir Velma Strickham soluçando. Quando ergueu o rosto, Mamba estava de joelhos, gemendo, as mãos apertadas sobre a cabeça. Rasteiro olhava para o local onde o portal estivera, balançando a cabeça e murmurando:

— Não, não, não...

— Por quê? – disse Mamba. – Por que ela faria aquilo?

*Para impedir que o Mestre da Seda volte*, pensou Caw. *Sem o Bico do Corvo, ninguém pode voltar. Nem Lydia.* Parecia que alguém tinha arrancado o coração dele e substituído por chumbo. *Ela se sacrificou para nos salvar.*

— Por que você não a impediu? – gritou Mamba com o encantador de baratas.

— Por que *você* não a impediu? – respondeu Rasteiro. – A pestinha levou o Bico do Corvo junto!

— Foi você quem ficou falando sem parar sobre a Terra dos Mortos na frente da garota – respondeu Mamba para o corcunda. – Se não fosse você, ela jamais teria tido a ideia de fazer isso!

— Que diferença faz? – disse Migalha. – Já era.

Os olhos de Mamba se viraram para ele.

– Não tão rápido, encantador de pombos – disse ela.

Os dedos longos se retorceram, e várias cobras desliza-ram das caixas no fim do aposento, seguindo direto para Migalha e a Sra. Strickham. Outra foi na direção de Pip.

Migalha esticou a mão, e dois pombos apareceram dos cantos escuros do salão. Voaram até a cobra mais perto de Pip. Mas a cobra pulou, pegou um pombo na boca e se enro-lou nele em um segundo.

– Corra, Pip! – gritou Migalha.

As cobras estavam encurralando o encantador de pom-bos em um canto. O ferino dos ratos começou a se dirigir para a porta, mas parou para que um grupo de ratos desces-se pelas pernas da calça. No instante seguinte, uma maré de baratas subjugou os ratos com facilidade e foi atrás de Pip enquanto ele escapava.

Caw viu a Sra. Strickham chutar uma cobra e pisar em outra antes de pular em uma pilha de caixas. Os olhos cheios de lágrimas varreram o local. Ela empurrou uma das caixas, esmagando mais cobras, depois pulou no chão e correu para a mesma saída que Pip. A caixa de raposas tremeu quando os animais lá dentro rosnaram e grunhiram, incapazes de ajudar a mestra.

Caw conseguiu se levantar e também saiu correndo, mas sentiu um golpe intenso na nuca que o derrubou e o fez ver estrelas. Em meio à dor, ele mandou os corvos irem embora.

*Não vamos abandonar você*, disse Grasnido, batendo as asas acima da confusão.

– Vão! – gritou Caw. – Façam o que mando!

Finalmente, os três corvos saíram voando do aposento.

Enquanto estava deitado no chão tentando clarear os pensamentos, Caw viu baratas se aproximando, a centíme-tros do nariz. Elas tremiam de fome.

– Nada de movimentos repentinos – disse Rasteiro, assomando sobre ele.

Caw colocou as mãos cuidadosamente perto dos ombros e se levantou, cambaleando um pouco. Migalha estava imprensado contra uma parede, encurralado pelas cobras sibilantes de Mamba e pelas centenas das criaturas de Rasteiro.

Os dois pombos que atacaram a cobra estavam de costas, cercados de penas arrancadas. Um já estava morto, enquanto as pernas do outro tremiam com os derradeiros espasmos.

– Vamos matá-los agora? – perguntou Rasteiro.

Mamba encarou Caw com o rosto sombrio de raiva. Depois de dois segundos, ela balançou a cabeça.

– Ainda não. Talvez haja outro jeito... O encantador de corvos pode ainda conseguir nos ajudar, quer goste ou não. Leve-os para a sala de consertos enquanto penso sobre isso.

Rasteiro estalou os dedos, e as criaturas aos pés de Caw se moveram ao mesmo tempo, forçando-o a ir em direção à porta. Migalha o seguiu, cercado de cobras. Se um deles fizesse alguma coisa, o outro morreria, com certeza. Não havia saída. Pelo menos, Pip e a Sra. Strickham pareciam ter conseguido fugir.

O ferino das baratas os levou a uma porta no corredor principal. Era uma sala pequena, sem janelas, iluminada por uma lâmpada fraca e cheia de máquinas de costura quebradas, empilhadas.

– Fiquem quietos – disse Rasteiro com um sorriso. – Vamos pegar seus amigos.

As cobras e as baratas saíram da sala, e a porta se fechou. Caw ouviu uma chave sendo girada na fechadura.

– E agora? – perguntou ele.

Migalha se encostou na parede e escorregou até ficar sentado, com os joelhos dobrados. Parecia exausto.

– Me desculpe, Caw – disse ele. – Mas já era.

O sangue de Caw ainda vibrava por causa da briga. Ele não desistiria. Não com Lydia presa na Terra dos Mortos. Além do mais, a Sra. Strickham e Pip tinham escapado; eles talvez conseguissem pensar em alguma coisa juntos. Ele inspecionou a sala.

– Talvez a gente possa arrombar a fechadura.

– Mamba não é burra – disse Migalha. – Deve haver trinta cobras mortais do lado de fora daquela porta.

Caw sentiu uma onda de raiva, mas, antes que pudesse responder, sentiu um toque delicado na mão. Olhou para baixo e viu uma aranha pequena e delicada subindo pelo pulso. Ele a afastou, e ela ficou pendurada por um momento em um fio de teia fino preso ao teto. Caw seguiu o caminho da teia. Ali! Uma grade de ventilação solta, bem no alto, no lado oposto à porta.

Quando ele olhou para baixo de novo, a aranha tinha sumido.

Com o coração disparado, ele empurrou a carcaça de uma máquina de costura e subiu na bancada. Mesmo todo esticado, sua mão ficava à distância de um braço da grade. Ele encolheu os joelhos e pulou, mas não alcançou. Tentou de novo, com o mesmo resultado.

– Levante daí e me ajude – pediu ele.

Migalha resmungou.

– Por quê?

A raiva de Caw aumentou.

– Não podemos ficar aqui sentados! – argumentou ele.

– Velma e Pip são nossas únicas esperanças – disse Migalha. Ele parecia destruído, derrotado. – E mesmo assim vai ser bem difícil. Guarde suas energias para quando Rasteiro voltar. Pelo menos, podemos morrer lutando.

— Mas Lydia está em perigo!

Migalha grudou o olhar em Caw, e, por um momento, uma chama voltou a se acender nos olhos dele.

— Ela não está em perigo. Está morta. — As palavras fizeram Caw se balançar nos calcanhares, e Migalha acrescentou com mais delicadeza: — Ou é como se estivesse. O Mestre da Seda está com ela. Ela levou o Bico do Corvo, então não há como voltar. Só o encantador de corvos pode brandi-la. Além do mais... abra os olhos, Caw. — Ele apontou para cima. — Esse tubo tem menos de meio metro de largura e metade disso de altura. Você não vai caber.

Caw olhou para o duto. Migalha estava certo, era pequeno demais para ele.

— Mas não para um corvo — murmurou ele.

— O quê? — disse Migalha.

— Um corvo poderia passar por esse duto.

— Não estou vendo nenhum corvo — disse Migalha com voz meio aguda. — E, mesmo que você conseguisse de alguma forma chamar um pelo outro lado, *você* ainda estaria trancado aqui. — Os olhos dele ficaram mais suaves. — Caw, sinto muito.

Caw pulou na bancada, sentindo-se estranhamente tonto.

— E se eu *fosse* um corvo?

Migalha balançou a mão, afastando a ideia.

— Já falei, garoto. Nem com uma vida inteira de treino você conseguiria fazer isso. Acredite em mim, já tentei.

— Mas *eu* não — disse Caw.

Migalha revirou os olhos, e o gesto só deixou Caw mais determinado.

— Divirta-se — disse o encantador de pombos.

Caw se afastou de Migalha e se sentou no chão com as pernas cruzadas. Dois dias antes, jamais teria pensado ser possível invocar mais corvos, muito menos deixar que o carregassem. Ele fechou os olhos e se concentrou, lembrando-se da estranha sensação de leveza que sentiu na casa de Felix Quaker, quando olhou nos olhos de Alvo e vagou pela consciência do pássaro.

Ele se concentrou nesse sentimento e deixou a respiração de Migalha ficar em segundo plano, imaginando o olho de Alvo, de quando o havia permitido afundar no infinito...

— E aí, alguma sorte? — perguntou Migalha.

— Silêncio! — disse Caw.

Ele se concentrou de novo e, depois de alguns segundos, sentiu o puxão mais uma vez. Um formigar de energia subiu lentamente ao longo dos braços, como se o sangue nas veias estivesse de repente um ou dois graus mais quente. Era a mesma sensação que tivera no ninho quando chamou os corvos de todos os cantos do parque, um poder latente, só esperando para ser libertado. Mas, desta vez, Caw não queria libertá-lo. Queria usar em si mesmo. Queria que se voltasse para dentro. Ele respirou fundo e, ao fazer isso, se concentrou em puxar energia pelos braços e para o peito. A temperatura do sangue subiu mais, tornando-se desconfortável.

— Não pode ser... — murmurou Migalha, com voz distante.

Caw cerrou os dentes. O que quer que estivesse fluindo sob sua pele, inundando suas veias, parecia mais fogo do que sangue. Cada terminação nervosa gritava para que ele parasse, e, cada segundo que ele não o fazia, a dor piorava. Uma bola rolante de dor cresceu em seu peito, e cada respiração tornava-a mais derretida. Tudo que existia era a dor, rolando cada vez mais apertada, deixando o resto do corpo insubstancial. A qualquer momento, ele podia libertá-la, mas, se fizesse isso, teria sido tudo por nada. Lydia precisava dele. Ele afastou a dor por força de vontade, controlando-a para não fugir.

De um lugar distante, Migalha gritou:

– Não pare! Você está conseguindo!

O rosto de Caw parecia flutuar.

Ele não conseguia sentir as pernas, e os ossos pareciam quase ocos. Os braços pareciam impossivelmente poderosos, como se ele fosse capaz de erguer prédios inteiros.

Era hora. Ele expirou, e o poder fluiu por ele, deixando as pontas dos dedos, as mãos, subindo pelos braços até eles estarem sem peso.

Ele os moveu para cima e para baixo...

... e sentiu o corpo subir.

Quando Caw abriu os olhos, estava no ar, olhando para baixo, para Migalha. O mundo parecia curvo, e Caw percebeu que conseguia ver *atrás* também. A boca do encantador de pombos estava escancarada.

– Caw – disse ele.

Caw riu e ouviu a própria voz como um grito estridente de corvo.

*Consegui!*

Com algumas batidas de asas, ele subiu até o duto de ventilação e o atacou com o bico, soltando a grade e jogando-a no chão. O ar frio entrou e soprou suas penas. Depois de lançar um último olhar a Migalha, que estava boquiaberto de assombro, Caw saiu da sala e voou para o céu.

Era tudo tão leve. Só um pensamento e as asas o levavam para cima. Caw voou sobre a fábrica, e Blackstone apareceu sob a névoa da chuva que caía. Ele subiu e subiu até conseguir ver as colinas a oeste e o Blackwater sumindo nos campos do leste. Inclinou a cabeça e viu os prédios espalhados e o quadrado do parque ao lado da prisão. O mundo, sua própria vida, pareciam tão pequenos.

Com um movimento das asas, ele fez uma curva e mergulhou, chocando-se contra a chuva. Passou pelos telhados corrugados do bairro industrial e depois rodopiou entre os cabos de aço da ponte sobre o rio. Abaixo dele, carros seguiam os caminhos retos e rígidos.

Caw deu um impulso, impressionado com a velocidade do voo. Seu corpo era poderoso e leve ao mesmo tempo, e o ar cedia a seus desejos como se fossem um só.

No momento seguinte, havia mais três corvos voando com ele, dois pretos e um branco.

*Caw?*, perguntou Grasnido. *É você?*

*Sou eu!*, disse Caw. *Sou um de vocês agora.*

*Não acredito!*, disse Penoso.

*Eu sempre soube que ele era capaz*, disse Grasnido. *Sempre disse que ele era especial, não disse?*

Alvo piscou lentamente, como se não estivesse nada surpreso, e tomou a dianteira do voo. Sem dizer nada, o corvo branco os levou para o norte pelo céu varrido pela chuva. Por um tempo, Caw pensou que eles estivessem voando de volta ao ninho. Aumentou a velocidade das asas e ultrapassou Penoso e Grasnido.

*Exibido!*, disse Penoso.

Caw foi para o lado de Alvo.

*Por favor*, disse ele. *Preciso que você me conte como atravessar para a Terra dos Mortos. Tem que haver outro jeito.*

Alvo inclinou a cabeça de leve.

*Estou falando sério!*, disse Caw. *Você já esteve lá, você sabe!*

Alvo inclinou as asas e voou para o nordeste.

*Aonde estamos indo?*, perguntou Grasnido.

*Não faço ideia*, disse Penoso.

*Isso é um sim?*, perguntou Caw, seguindo Alvo.

Mas o corvo branco apenas voou.

Não demorou para Alvo começar a descer. Estavam nos limites de Blackstone e logo seguiram para os campos, voando na direção de um amontoado de casas ao redor de um cemitério. Caw ficou olhando impressionado a paisagem que se desdobrava debaixo de suas asas.

Alvo voou por uma rua que levava a um portão de ferro forjado. Além deste, as colinas verdes e arredondadas do cemitério estavam lotadas de lápides de todas as formas e tamanhos. Alvo voou ao redor e acabou pousando em uma, um pedaço cinza de mármore, um pouco inclinado e cercado de ervas daninhas.

Caw pousou, pulando nas pernas finas de corvo, e se perguntou como faria para voltar à forma humana. Concentrou-se intensamente, como tinha feito antes, e pensou em liberar aquele poder que se esforçou tanto para reunir. Foi surpreendentemente fácil em comparação à primeira transformação, como expirar após uma respiração profunda. Em poucos momentos, voltou a ser ele mesmo. Seu corpo parecia feito de chumbo e desajeitado, cheio de membros desengonçados e desequilibrados. Ele cambaleou e apoiou a mão em uma lápide. Depois de respirar algumas vezes, a normalidade voltou.

– Que lugar é esse? – perguntou, enquanto tirava o cabelo úmido dos olhos.

Uma ideia espreitava os extremos de sua mente, mas ele a afastou.

Alvo bateu com uma pata na lápide de mármore.

Caw não conseguia ler as palavras, mas, ao chegar mais perto, reconheceu uma coisa com clareza. Entalhada na pedra havia a imagem de um corvo. Um aperto surgiu em sua garganta.

– É o túmulo dos meus pais, não é?

*É*, disse Alvo, sua voz antiga era um sussurro. *Cemitérios são lugares especiais, onde a barreira entre este mundo e o outro é mais fina.*

*Alguém está falante hoje!*, comentou Penoso.

Caw pôs a mão na pedra fria. Quem enterrara seus pais ali?, ele se perguntou. Felix Quaker? Ou algum outro ferino aliado na guerra do Verão Sombrio?

Caw sentiu lágrimas nos olhos ao pensar na mãe e no pai. Mas, depois de um momento, as afastou. Não tinha tempo para perguntas nem para tristezas. Tinha que salvar Lydia.

– Como atravesso? – perguntou Caw.

*Você precisa controlar o poder dos corvos*, disse Alvo, *e pedir a permissão deles.*

O coração de Caw acelerou. Mesmo sem o Bico do Corvo, havia um jeito.

Ele fechou os olhos e chamou seus corvos. Imaginou-se bem acima do pequeno cemitério, acima da cidade. Estendeu-se por toda Blackstone, atraindo os corvos para os canais de sua energia, sentindo sua ligação com cada pássaro, como se estivessem unidos por um fio invisível.

E eles vieram. Um a um, e em bandos cada vez maiores. O céu cinza ficou coberto de pontos pretos seguindo sem desvio para o cemitério. Eles pousaram nas lápides, no portão de ferro, nos tetos das criptas de mármore protegidas por estátuas de anjos. Brigaram por espaço na grama, pena contra pena, um tapete preto. Caw abriu a boca, atônito.

214

Mas e agora?

*Fale com eles*, disse Alvo, como se fosse capaz de ouvir os pensamentos de Caw.

Caw enfiou as mãos nos bolsos para ninguém ver como elas tremiam, e gritou para os corvos reunidos.

– Obrigado por obedecerem a meu chamado – começou ele. Os corvos o observavam com os olhos cintilantes, e ele sentiu a confiança vacilar sob o olhar crítico. – Sou Caw, o encantador de corvos, e este é o túmulo da minha mãe, a encantadora de corvos antes de mim. A maioria de vocês não sabe quem sou. Mas eu os trouxe aqui por um motivo especial. – Ele fez uma pausa e respirou fundo. – Preciso viajar para a Terra dos Mortos.

Mil vozes de corvo invadiram os ouvidos de Caw, e, embora fosse difícil identificar as palavras, o tom era claro. *Nunca... Impossível... Perigo... Louco... Tolo.*

Caw olhou para Alvo, que levantou ligeiramente o bico.

– Tem algum corvo aqui que lutou no Verão Sombrio? – perguntou Caw.

Uma quantidade enorme de grasnidos soou.

– Vocês lutaram por minha mãe, junto a outros ferinos – disse Caw. – E por quê?

*Por nossas vidas*, disse um corvo enorme perto dos pés de Caw.

Caw reparou que ele só tinha uma perna e o bico estava quebrado no meio, a ponta irregular.

– Só por suas vidas? – perguntou Caw. – Ou talvez por Blackstone, a cidade que sempre abrigou vocês e suas famílias, seus ferinos? Talvez porque era a coisa certa a fazer.

O corvo guerreiro ficou em silêncio. Caw sentia sua confiança voltando.

— Sua coragem ajudou a banir o Mestre da Seda para a Terra dos Mortos. Mas ele ainda não foi derrotado. Ele está com minha amiga.

*Nossa tarefa é proteger você*, disse Penoso suavemente.

— E eu devo proteger Lydia — disse Caw. — Não podemos sempre fugir e nos esconder. Os discípulos do Mestre da Seda não vão parar até que ele volte, de uma forma ou de outra.

*Ele está preso lá*, disse um corvo fêmea magro. *Estamos em segurança.*

*Eu os estou perdendo*, pensou Caw desesperadamente.

— Lydia não é só minha amiga — disse ele. — Ela é filha da encantadora de raposas.

Um murmúrio de surpresa se espalhou entre os corvos, e vários inclinaram as cabeças e olharam para os companheiros. Caw sentiu uma mudança no humor.

— Isso mesmo! — disse ele. — Lydia é filha daquela que baniu o Mestre da Seda para o outro lado. Temos um débito com Velma Strickham de resgatar a filha dela.

*Isso é verdade?*, perguntou o corvo fêmea, olhando para os corvos de Caw.

*Infelizmente*, disse Grasnido, com um movimento indiferente da asa.

— Vocês vão me ajudar? — perguntou Caw. — Por minha mãe, que morreu nas mãos dele, e pela encantadora de raposas, que salvou vocês?

Os corvos ficaram em silêncio enquanto consideravam as palavras.

O corvo guerreiro mais velho foi o primeiro a pular no ar, depois os outros o imitaram, as pontas das asas roçando os ombros de Caw. Eles voaram para longe do cemitério, os corpos seguindo em uma fita negra pelo céu.

– Não – murmurou Caw. Ele lançou um olhar desesperado para Alvo. – Eles não podem ir!

Alvo, Grasnido e Penoso levantaram voo sem dizer nada e se juntaram aos corvos. Caw caiu de joelhos ao lado do túmulo dos pais e apoiou a cabeça na pedra.

– Sinto muito – disse ele, sem saber se estava falando com eles, com Lydia, com a Sra. Strickham ou consigo mesmo. – Eu tentei.

Enquanto estava ali, agachado, com o desespero corroendo o coração, o ar mexeu ao redor dele, e Caw sentiu um vento puxar de leve o casaco. Ele olhou para cima e viu o bando de corvos voando. Eles tinham voltado. Os pássaros formaram uma coluna de penas girando.

O que estava acontecendo?

A espiral se apertou conforme os pássaros circulavam cada vez mais rápidos, até Caw não conseguir mais identificar pássaros individuais entre a revoada. Eles começaram a descer na direção dele, um cilindro giratório sólido e negro. As roupas e o cabelo de Caw sacudiram em meio à corrente. Ele sentiu medo e euforia quando a coluna cercou o entorno e bloqueou tudo exceto uma área circular de céu acima.

Sentiu os pés deixarem o chão à medida que os pássaros aumentavam a velocidade. Não conseguia mais dizer se era noite ou dia, e perdeu completamente o senso de direção: acima, abaixo, esquerda e direita não significavam nada. Ele esticou os braços e ergueu o queixo, entregando-se ao movimento de penas.

Alguma coisa agarrou seu corpo sem peso, e a escuridão o tomou por inteiro.

# Capítulo 18

O silêncio se fez de repente, como se uma porta fechasse para os sons do mundo. Caw abriu os olhos e se viu de pé, com relva balançando na altura dos joelhos. Filetes de nuvens diáfanas se esticavam no céu azul. À frente, o chão subia suavemente até uma floresta de um verde incrível, as folhas se mexendo de leve.

Caw mirou os arredores e apertou os olhos contra o brilho do sol. Havia mais campos naquela direção, indo até o horizonte. Jamais vira nada tão bonito. O ar limpo inflava seus pulmões e o fez suspirar de satisfação.

Todos os corvos tinham sumido, exceto um.

*Chegamos*, disse Alvo.

O corvo velho e pálido estava em seu ombro, mas alguma coisa havia mudado.

— Seus olhos! — disse Caw.

A camada pálida de cegueira do mundo real tinha desaparecido. Os olhos de Alvo eram globos negros e refletiam o rosto de Caw.

*Na Terra dos Mortos, minha visão retorna*, disse o corvo.

— Para onde agora? — perguntou Caw.

Alvo alçou voo para a floresta. Caw foi atrás, pisando a grama com passadas largas. Durante todo o caminho, o sol esquentou suas costas. Ele não imaginava que a Terra dos Mortos seria assim. Estava com vontade de se deitar e deixar que tudo tomasse conta dele. A grama macia seria um lugar perfeito para descansar e relaxar o corpo. Ele poderia pensar nas outras coisas depois...

*Lydia.* Uma voz urgente surgiu nas profundezas da mente dele.

Caw balançou a cabeça para clareá-la. Era por isso que estava ali, para encontrar sua amiga.

Alvo estava esperando em um galho baixo no limite da floresta. Quando Caw entrou no mundo de sombras debaixo do teto esmeralda, mais corvos voaram entre os galhos retorcidos, contornando os troncos tortos na direção dele. Eram todos brancos como Alvo. Chegavam como flocos de neve sugados por uma poderosa corrente de ar e pousavam nos galhos acima até formarem um semicírculo com Caw no centro.

*Bem-vindo, Alvo,* eles disseram em uníssono, sua voz era um murmúrio profundo que parecia vir do ar e do chão ao mesmo tempo. *E bem-vindo, amigo de Alvo.*

— Oi — cumprimentou Caw, e deu um aceno. — Sou Caw.

*Sabemos quem você é, encantador de corvos,* disseram. *Você não é o primeiro a atravessar as fronteiras. A pergunta é por que veio.*

Caw olhou para Alvo e depois falou.

— Vim salvar minha amiga do Mestre da Seda — disse ele.

Os corvos começaram a pular e inclinar a cabeça, arrulhando suavemente uns para os outros, e então ficaram em silêncio.

*Eles aceitaram ser seus guias, Caw,* disse Alvo.

*Siga-nos,* disseram os corvos. *Vamos levar você aonde precisa ir.*

O bando branco levantou voo e seguiu adiante, e cada um pousou poucos metros à frente do outro, formando um caminho claro pela floresta. Caw seguiu a trilha através da folhagem que ondeava. O chão era macio de musgo, grama e flores pequenas, um paraíso.

– Que lugar é este? – perguntou ele.

*É a terra em sua forma mais verdadeira,* disse Alvo, *antes de a cidade de Blackstone ser fundada.*

– Mas onde está todo mundo? – perguntou Caw. – Se esta é a Terra dos Mortos, onde eles estão?

*Os mortos estão ao redor de você,* disse Alvo. *Depois de um tempo, as almas deles se tornam parte da floresta, assim como, no seu mundo, um corpo se decompõe em seus elementos.*

– Mas não todo mundo – disse Caw. – Não o Mestre da Seda.

*No final, todo mundo se esvai,* disse Alvo. *Mas tem alguns que demoram mais do que outros, os que guardam uma ligação emocional poderosa com seu mundo. Ódio. Amor. Saudade. Alguns até ficam mais fortes por um tempo se o desejo é grande o bastante. Olhe melhor e você vai conseguir vê-los.*

Caw olhou ao redor, para a área obscura onde a escuridão engolia as árvores. E não havia dúvidas que pelo canto dos olhos formas se moviam e flutuavam entre os troncos. Mas cada uma só apareceu por um momento antes de sumir. Ele sentiu um tremor de inquietação, e um aperto de tristeza pressionou seu coração.

O caminho de corvos parava na base de uma árvore enorme, com vários pássaros pousados nas raízes expostas. Havia alguma coisa familiar nas formas no tronco...

– É a minha árvore! – disse Caw. – Do parque. O que ela está fazendo aqui?

*A Terra dos Mortos espelha a nossa*, disse Alvo, *às vezes de maneiras inesperadas.*

Os olhos de Caw seguiram tronco acima e viram um ninho construído nos galhos. Seu coração sentiu uma pontada repentina, seguida de um peso.

Ele esticou a mão para os apoios familiares, mas um grasnido de Alvo o fez olhar ao redor.

*Temos que ir em frente*, disse ele. *Lembre por que estamos aqui.*

Caw franziu a testa; a mente estava enevoada em meio à luta para entender as palavras do corvo. Ele lembrou vagamente que fora difícil chegar ali, mas não tinha certeza do motivo.

– Tenho que olhar – disse Caw. – Não vou demorar.

*É fácil ficar perdido na Terra dos Mortos*, disse Alvo.

– Só dois minutos – disse Caw. – Os corvos me trouxeram aqui, lembra?

Alvo não disse nada.

Caw subiu rapidamente, sentindo-se mais forte do que nunca. Parecia que o ninho o puxava para cima, atraindo-o para perto. Desejava-o como nunca antes. Os corvos foram ficando menores no chão abaixo, como flocos de neve espalhados entre a grama verdejante. Ao chegar no alçapão, fez uma pausa com a mão no plástico. Ele percebeu que alguma coisa o estava esperando. Alguma coisa importante.

Não sentia medo quando forçou a cabeça pela passagem. Sua respiração travou na garganta, e o tempo pareceu parar. Uma mesa baixa sustentava três xícaras fumegantes e um bolo em um prato lascado, já sem algumas fatias. Mas foram as duas pessoas sentadas dos dois lados que prenderam o olhar encantado de Caw.

– Oi, filho – disse o pai, os olhos enrugados nos cantos.

– Jack! – disse a mãe, e seus lábios se esticaram em um sorriso enorme. – Você chegou, finalmente! Sentimos tanto a sua falta.

Os olhos de Caw se encheram de lágrimas quentes e repentinas.

– Mãe? Pai?

– Entre, por favor – disse o pai. – Junte-se a nós.

Eles estavam mesmo ali, perto o bastante para serem tocados. Pareciam relaxados e usavam as mesmas roupas do sonho, a mãe de vestido preto e o pai de calça casual e camisa aberta. O cheiro deles, tão reconfortante e familiar, enchia o ninho.

Mas Caw hesitou. A velha raiva, fervendo por tanto tempo, borbulhou até a superfície. Como eles ousavam agir como se nada tivesse acontecido, como se estivessem esperando por ele o tempo todo?

– Vocês me abandonaram – disse ele. – Vocês me *abandonaram*. Eu tinha 5 anos, e vocês me mandaram embora!

Os pais trocaram um olhar atormentado, como se estivessem esperando essa reação. A mãe respirou fundo e olhou para ele com os olhos redondos e escuros, sustentando o olhar cheio de lágrimas do filho.

– Acredite em mim, foi o momento mais doloroso das nossas vidas – disse ela. – A dor de perder nosso filho foi pior do que tudo que veio depois.

– Não tivemos escolha, Jack – explicou o pai.

– Tiveram sim – argumentou Caw. – Vocês me deixaram pensar que não se importavam. Podiam ter me contado.

– Contado que estávamos prestes a morrer? – perguntou a mãe, com a voz forte que lembrava Caw de Velma Strickham. – Quando você tinha 5 anos? Pense bem, Jack. Você iria querer saber disso quando era pequeno? Teria ajudado?

Caw olhou para baixo, perdido em pensamentos.

– Teria sido melhor do que não saber nada – respondeu ele, mas, quando as palavras saíram pela boca, ele percebeu que não deviam ser verdade.

– Eu sabia que os corvos cuidariam de você – disse sua mãe. – A última coisa que pedi para eles foi para nunca contarem o que aconteceu. Eu tinha medo de você tentar encontrar o Mestre da Seda.

– Só queríamos que você ficasse em segurança – revelou o pai. – Nós esperávamos... nós rezávamos para você esquecer.

– Bem, eu não esqueci – disse Caw. Como alguém poderia se esquecer de ser carregado por corvos da janela do quarto? – Sonhei com isso todas as noites.

– Sentimos muito, Jack – disse a mãe. – Você não merecia isso.

Quando uma única lágrima escorreu do olho da mãe, o coração de Caw amoleceu. Ele via agora: a decisão de mandá-lo embora não assombrou só a vida dele. Assombrou a deles também, mesmo na morte.

A raiva sumiu e o deixou vazio. O passado ficou para trás, e agora ele tinha uma oportunidade de conversar com os pais que pensava ter perdido. Ele subiu lentamente no ninho.

– Podemos ficar juntos agora – disse ele. – Uma família de novo.

Alvo pousou no canto do ninho.

*Viemos por um motivo, lembra?*

Caw lançou um olhar irritado para o velho pássaro branco. Do que ele estava falando?

– Me deixe com minha família – exigiu ele.

Ele esticou a mão para uma das xícaras de porcelana, mas sua mãe o deteve. A mão dela atravessou a dele como o toque da seda mais delicada.

– Alvo está certo, Jack – disse ela, limpando as lágrimas dos olhos – A Terra dos Mortos não é a sua casa.

– Por que não? – perguntou Caw. – Gosto daqui.

– Você ainda tem mais a fazer em sua vida – disse o pai. – Sua amiga Lydia precisa de você.

– Lydia?

O nome significava alguma coisa, mas ele não conseguia identificar o quê.

– O Mestre da Seda está com ela – disse a mãe de Caw. – Você é a única chance que ela tem. – Ela ergueu a mão e pousou na bochecha dele. – Lembra?

Ao sentir o toque delicado, o cérebro de Caw afastou as nuvens que o enchiam.

– Lydia! – disse ele. – É claro!

Como ele a tinha esquecido?

Ele apoiou a bochecha na palma da mão da mãe, mas não conseguiu sentir nada. E agora, olhando mais intensamente, viu que ela não estava realmente ali. Nem o pai. Os corpos eram como uma névoa, sem substância e fugidios. Bastaria um vento forte para dispersá-los. O que Alvo havia dito? Que aqueles com ligação emocional poderosa com o mundo vivo demoravam mais para sumir. Seria isso o que estava mantendo seus pais ali, a ligação com ele? A culpa por tê-lo deixado para trás?

Os pais estavam sorrindo para ele de uma forma meio triste.

– Sentimos tanto orgulho de você, Jack – sussurrou o pai.

– Nós não estivemos sempre presente ao seu lado – murmurou a mãe –, mas você sempre vai ser nosso filho.

Caw sabia o que tinha que dizer. Tinha que libertá-los.

– Amo vocês dois – disse ele. – E... e perdoo vocês.

Os sorrisos dos pais perderam a tristeza completamente, e, no intervalo de uma respiração, eles sumiram.

Caw engoliu as lágrimas.

– Adeus – sussurrou para o ninho vazio.

Quando descia a árvore, ele percebeu que o ar estava mais frio do que antes e o céu estava escurecendo com o crepúsculo. Mas isso não era tudo que havia mudado. O verde da floresta tinha sumido e sido substituído pelos tons de outono, laranjas, vermelhos queimados, marrons. As primeiras folhas estavam caindo quando ele chegou à base da árvore. As estações tinham virado no espaço de poucos minutos.

E todos os corvos tinham sumido. Todos exceto Alvo. A floresta ficava desolada sem eles.

– Onde eles estão? – perguntou Caw.

*Você não pode dar ordens aos corvos aqui*, disse Alvo. *A não ser que eles desejem obedecer.*

O corvo olhou para Caw, parecendo meio frágil.

– Qual é o problema?

Alvo se mexeu como se estivesse constrangido e afastou o olhar.

*Esses outros corvos, os tocados pela morte, são meus amigos, encantador de corvos. Só eu fiquei com seus pais quando o Mestre da Seda foi atrás deles. A Terra dos Mortos quase me levou. E talvez devesse ter levado mesmo.*

Caw se lembrou do corvo que viu no sonho dos pais, o que tentou protegê-los e foi dominado pelas aranhas. Não tinha reconhecido aquele Alvo de muitos anos atrás, um Alvo com penas pretas.

— Você é um companheiro leal desde que me lembro — disse ele. — Quando tudo isso acabar, independentemente de como acabe, você deve ficar aqui.

*Obrigado*, disse Alvo, com uma inclinação de cabeça. *Agora, você está preparado?*

Caw colocou a mão no tronco áspero de sua árvore e sentiu pelas pontas dos dedos os espíritos dos pais, agora parte da Floresta dos Mortos. Em paz.

*Sentimos orgulho de você*, eles disseram.

Ele não os decepcionaria.

— Estou pronto — disse ele. — Vamos encontrar o Mestre da Seda.

# Capítulo 19

**F**olhas caíam rapidamente das árvores enquanto Caw abria caminho pela floresta, e em pouco tempo ele dava passadas barulhentas num tapete marrom. Em vez de voar à frente, Alvo ficou empoleirado no ombro de Caw, que andava em meio aos troncos altos. Ele não precisava dos corvos para guiá-lo agora. Seus pés pareciam conhecer o trajeto.

– Está com medo? – perguntou Caw.

*Só um tolo não teria medo do que nos aguarda,* disse Alvo.

Não demorou muito para as árvores ficarem completamente nuas, troncos retorcidos, negros e doentes. As formas esqueléticas se estendiam da terra e arranhavam o escuro infinito e sem estrelas do céu noturno. As folhas caídas tinham se dissolvido em uma lama fedorenta que sugava os pés de Caw.

Um vento frio soprava entre as árvores como um sussurro sem voz que o mandava dar meia-volta e fugir enquanto ainda tinha chance. Acossava sua pele e deslizava os dedos ao redor do seu coração, espremendo-o como um punho gelado. Ele ignorou os avisos.

A respiração de Caw ficou presa na garganta quando ele viu uma figura surgir entre dois troncos. Era Mandíbula, as enormes feições escuras como cinzas cobertas de cicatrizes, reminiscências dos ferimentos no mundo real. O sorriso era uma abertura sem humor no rosto tatuado, mas os olhos eram o mais terrível de tudo, dois pequenos pontos pretos no lugar de pupilas em íris pálidas como geada.

*Não tema*, disse Alvo. *Ele está fraco demais para machucar você neste lugar.*

Caw reforçou a determinação e andou até o ferino dos cachorros. Os pontinhos nos olhos de Mandíbula cintilaram.

— Cumprimentos, encantador de corvos — disse ele.

— Estou procurando o Mestre da Seda — disse Caw.

Mandíbula resmungou e se virou, esticando um braço para mostrar o caminho.

— Ele mal pode esperar para conhecer você.

Enquanto eles andavam lado a lado, Caw sentiu outras presenças se movendo na escuridão entre as árvores, acompanhando seus passos. Identificou formas leves e sentiu o ódio dos olhares.

*Discípulos do Mestre da Seda*, disse Alvo. *Os que morreram no Verão Sombrio.*

— Você parece com medo, garoto — disse Mandíbula. — Que tipo de ferino é você, com apenas um corvo para protegê-lo?

— Um a mais do que a quantidade de cachorros que você tem — disse Caw.

O rosto de Mandíbula desmoronou.

— Se acha corajoso vindo aqui? — disse ele. — Você cometeu um erro, encantador de corvos. O Mestre da Seda fará

228

você brandir o Bico do Corvo, e finalmente voltará à Terra dos Vivos.

— A não ser que eu o impeça — disse Caw, tentando parecer confiante.

Ele sabia os riscos de ir até lá, mas ouvir as provocações do ferino dos cães tornava tudo dez vezes pior.

Mandíbula riu.

— Você era só um bebê no Verão Sombrio. Eu estava *lá*. Vi tantos dos seus morrerem, presos nas teias dele. Cada um era um ferino mais grandioso do que você. O Mestre da Seda não tem misericórdia.

— Não espero nenhuma — disse Caw. — Vim buscar minha amiga.

— A pirralha da encantadora de raposas? — disse Mandíbula. — Ah, ela virou rapidinho a favorita do meu mestre. Ele não vai libertá-la.

— Então vou lutar com ele — disse Caw.

— E nós vamos assistir — disse Mandíbula. — Espero que as sombras dos seus pais estejam ouvindo quando seus gritos dominarem esta terra.

Caw viu uma luz fraca à frente, entre as árvores.

— Estamos aqui — disse Mandíbula, com o rosto cheio de assombro.

Ele parou, deixando Caw seguir sozinho.

As árvores abriram espaço para revelar uma clareira na floresta. Havia luz saindo de uma rede elaborada de fios grossos e luminosos que se esticavam dos galhos ao redor. Eles se uniam no centro para formar um trono de teia.

Caw firmou as pernas e usou sua força de vontade para que não tremessem. No assento de fios de seda estava o homem do pesadelo, coberto do pescoço aos pés com uma túnica preta bem apertada no corpo. Só a pele das mãos e do rosto aparecia, branca e tão esticada sobre o esqueleto que Caw conseguia ver cada junta dos dedos compridos e cada osso protuberante no rosto. As unhas pretas pareciam garras, e em um dedo ele usava o anel pesado de ouro com o símbolo da aranha gravado. Na outra mão, segurava o Bico do Corvo como um cetro. Estava mais velho do que no sonho, e cicatrizes atravessavam seu rosto onde Caw se lembrava de uma pele lisa. Havia mechas brancas no cabelo antes negro. Naquele mundo de sombras, ele parecia mais sólido e real do que qualquer coisa ao redor.

— Oi, *Jack* — cumprimentou o Mestre da Seda. Sua voz era macia e rouca. — Eu estava esperando você.

— Onde está Lydia? — perguntou Caw.

Medo e raiva ameaçavam tomar conta dele, mas suas palavras demonstravam segurança.

— Paciência — disse o Mestre da Seda. — Esperei oito longos anos por isso. Oito anos neste lugar, com apenas essas sombras patéticas como companhia, reunindo forças para minha volta. Você deve ter sentido, mesmo na Terra dos Vivos. Mandíbula sentiu. Mamba e Rasteiro também. Eu me pergunto, Caw, você sonhou comigo?

— Você vai ficar aqui até desaparecer e não sobrar nada! — disse ele. — Onde está minha amiga?

O Mestre da Seda sorriu. Já não existia mais o sorriso branco estonteante do sonho de Caw. Os dentes estavam pretos e pontudos.

— Tão parecido com sua mãe — disse ele. — Mas mesmo ela estava tremendo de medo quando morreu.

— Cala a boca! — disse Caw. — Não fale da minha mãe!

O Mestre da Seda balançou uma longa mão indiferente.

– Você está certo, Jack. O passado é passado. É o futuro que importa agora. Vamos tratar do assunto do momento, certo?

Ele esticou a mão para um fio de teia e puxou. A seda tremeu, e os olhos de Caw acompanharam sua extensão. Onde tocava em um galho, havia um casulo branco e grudento. Caw ofegou de horror ao identificar a sombra de um corpo preso ali dentro. O rosto de Lydia mal se discernia em meio a uma camada fina de seda, seus olhos abertos e cheios de medo.

– Lydia! – gritou Caw.

O caixão de teia tremeu quando ela lutou.

– Um presente e tanto – disse o Mestre da Seda. – A filha da mulher que me mandou para este lugar. Minhas aranhas podem fazê-la sofrer tanto. – Ele deu um sorriso malicioso. – Mesmo na Terra dos Mortos, sempre pode haver sofrimento.

– Solte ela! – disse Caw.

– É claro – disse o Mestre da Seda. Ele se inclinou para a frente no trono e sussurrou: – Com uma condição. – Caw sabia qual seria a condição antes mesmo de o Mestre da Seda elaborar as palavras. – Me devolva para a Terra dos Vivos.

– Nunca – jurou Caw.

– Você parece tão seguro – disse o Mestre da Seda. – E se eu persuadir você?

Caw ouviu um som de pequenas batidas e olhou para o lado. O piso da floresta na beirada da clareira estava *se movendo*. Ele tremeu ao perceber para o que estava olhando. Aranhas brancas, de todos os tamanhos e formas, correndo na direção dele, se aproximando. Outras pularam nos fios de teia e rastejaram na direção de Lydia.

– Você tem duas escolhas, Jack Carmichael. Ou corta o véu e nos leva de volta à Terra dos Vivos: você, eu e a garota, ou ficamos aqui, onde vocês dois vão conhecer o sofrimento por toda a eternidade.

Aranhas cobriram o casulo de Lydia.

– Eu esperei oito anos – disse o Mestre da Seda, enquanto uma aranha andava pela pele exposta do rosto de Lydia. – Estou mais forte do que nunca e não vou esperar mais.

Caw se concentrou na amiga, tentando manter os olhos distantes do rosto pálido do Mestre da Seda. O que sua mãe teria feito? Ela deu a vida para salvar a de Caw. Mas será que permitiria que Lydia fosse torturada para salvar a Terra dos Vivos? Ou se arriscaria e deixaria que o Mestre da Seda retornasse?

Caw pensou na Sra. Strickham, Migalha e Pip e Felix Quaker. Pensou nos poucos ferinos que foram ouvir seus pedidos de ajuda e viraram as costas. Eles não teriam a menor chance contra o Mestre da Seda. O período sombrio voltaria. Sangue escorreria para o Blackwater e mancharia as ruas. Blackstone pereceria na matança.

Ele olhou para Lydia. Talvez o preço valesse a pena. Ela não merecia nada disso.

Mas talvez houvesse outro jeito. Uma ideia nasceu em sua mente, e ele lutou para impedir que os olhos o traíssem.

– Tudo bem – disse ele baixinho.

*Caw, não!*, exclamou Alvo.

O Mestre da Seda sorriu e baixou o Bico do Corvo ao chão. Apoiou-o delicadamente nas costas das aranhas, que o carregaram na direção dos pés de Caw. Caw se curvou para pegá-lo. A espada era leve em sua mão.

*Se cortar o véu, tudo está perdido*, disse Alvo. *O Mestre da Seda levará uma onda de terror à Terra dos Vivos.*

— Me desafie agora — disse o Mestre da Seda — e sua amiga vai sentir as presas das minhas aranhas em um piscar de olhos. Vai sofrer mais dor do que você pode imaginar, e você vai assistir.

— Me desculpe, Alvo — disse Caw. — Não tenho escolha.

— Ande! — disse o Mestre da Seda.

Caw fechou os olhos e falou com Alvo usando a mente em vez da voz.

*Você disse que não posso controlar os corvos aqui, mas eles vão ouvir você. Preciso deles agora.*

Caw sentiu uma leve pressão no ombro quando Alvo alçou voo. Sem se despedir, o corvo desapareceu na escuridão entre as árvores.

— Rá! — disse o Mestre da Seda. — Até seu amigo mais antigo o abandonou. Agora, *corte o véu.*

Caw ergueu o Bico do Corvo, e o poder da espada subiu por seu braço. Ele sentiu o tecido que separava os mundos ser atraído para a lâmina enquanto olhava para Lydia. Ela balançava a cabeça, com uma aranha em posição ao lado da bochecha. Os olhos de Caw seguiram a linha que a ligava ao trono. Ele apertou mais o cabo, e o coração bateu acelerou mais.

Com um movimento rápido, ele pulou de lado e baixou a lâmina no fio de seda, cortando-o em um único golpe.

— Não! — grunhiu o Mestre da Seda, arregalando os olhos em choque.

Antes que ele pudesse se mexer, o trono, cuidadosamente equilibrado pela teia, desabou sobre si mesmo e o cobriu em um emaranhado de fios. Ao mesmo tempo, o casulo de

Lydia despencou, batendo no chão e espalhando aranhas para todos os lados. Caw correu para ela e esmigalhou os corpos quebradiços. Arrancou a teia ao redor do rosto dela e retirou mais de cima do tórax.

– Caw! Cuidado! – gritou ela.

Ele se virou na hora que aranhas subiram por seu corpo e por seu braço. Elas começaram a morder, fazendo-o se contorcer e gritar. O Bico do Corvo tombou de sua mão.

– Eu avisei! – gritou o Mestre da Seda, ficando de pé.

Caw se debateu enquanto aranhas cobriam seus tornozelos e pernas. Era um pesadelo virando realidade, o destino de seus pais, e cada vez que as presas das aranhas perfuravam sua pele, ele conseguia sentir o veneno entrando no corpo.

A clareira girou. Ele teve vislumbres do rosto de Lydia, do Mestre da Seda, de árvores em ângulos estranhos. Caiu no chão, e os gritos de Lydia preencheram sua mente, misturados com os gritos de desespero do garoto. Era pior do que qualquer outra coisa que ele pudesse ter sonhado. Sentiu aranhas no cabelo, aranhas tentando entrar na boca, nas narinas e orelhas. Tentou afastá-las, mas, assim que conseguia, outras o cobriam. Estava ficando mais fraco a cada segundo. Elas estavam tentando abrir os olhos cerrados, e ele sabia que não poderia impedi-las por muito tempo. Uma mancha branca encheu sua visão.

E então, uma coisa roçou sua pele.

Era uma pena.

E outra.

– O quê? – gritou o Mestre da Seda.

Caw começou a sentir pequenos baques em todo o corpo. A gritaria que se seguiu foi a coisa mais maravilhosa que ele já tinha ouvido. Os gritos dos corvos.

Ele abriu os olhos e não viu nada além de penas brancas batendo asas sobre seu corpo e bicos atacando a cada aranha destruída e jogada longe. Caw conseguiu ficar de pé e cambaleou de lado, mas foi amparado por Lydia. Fios grossos de seda ainda estavam pendurados no corpo dela, mas a menina estava livre. Os corvos circulavam os dois, bicando qualquer aranha que se aproximasse demais.

O Mestre da Seda estava do outro lado da clareira.

– Nada mau – disse ele. – Para um principiante. Mas você consegue fazer isso?

Um relâmpago partiu o céu acima, seguido de um trovão tão alto que sacudiu as árvores. Galhos se abriram com estalos, e o Mestre da Seda caiu de joelhos, uivando. Por baixo da veste escura, o corpo se dobrou. Caw sentiu Lydia apertar seu braço e puxá-lo para trás.

– Temos que correr! – disse ela. – Onde está o Bico do Corvo?

Mas Caw não conseguia arrancar os olhos daquela imagem hedionda. Os braços e pernas do Mestre da Seda estavam se esticando debaixo das roupas, ficando ainda mais finos. Veias pretas surgiram debaixo da pele pálida e pareceram explodir, espalhando uma tinta pela pele. Uma penugem preta e fina surgiu nos dedos quando eles se fundiram e se transformaram em patas. Os ossos do corpo se chocavam e estalavam em novas configurações. A cintura afinou, e o tórax inchou.

Nas costas e laterais, as vestes se abriram quando mais quatro patas surgiram de cada lado da coluna, se projetando na direção do chão. Quando tocaram a terra da floresta, a cabeça do Mestre da Seda se virou para cima. O rosto ficou mais largo e se alongou com a mudança dos ossos do crânio. O cabelo caiu em chumaços ao redor das patas da frente, e o maxilar se alargou. Dois dentes viraram presas salivantes, e as bochechas se abriram e revelaram mais dois olhos, depois quatro e depois seis. Quando a transformação acabou, em meio ao pelo escuro de uma cabeça de aranha, oito globos pretos giraram até pousarem em Caw. Uma aranha gigantesca do mesmo tamanho do garoto.

Lydia estava lutando contra uma confusão de teias no chão.

— Tem que estar aqui em algum lugar! – disse ela.

— O que você acha, encantador de corvos? – disse a gigantesca aranha com a voz do Mestre da Seda.

Antes que Caw pudesse responder, uma multidão de aranhas apareceu atrás da enorme forma do mestre. Surgiram por toda a clareira, dominando os corvos. Os pássaros se debatiam e gritavam de dor.

*Corra, Caw!*, gritou Alvo de algum lugar em meio à confusão de penas em movimento.

Caw se virou e segurou a mão de Lydia.

— Espere! – gritou ela. – E o Bico do Corvo?

Ele a puxou atrás de si e disparou para a beirada da clareira. Não sabia bem para onde estava correndo, só que ficar na clareira com aquela *coisa* seria um erro terrível. Quando eles se enfiaram entre as árvores, as sombras saíram do caminho. Ele sentiu calafrios ao encostar nos mortos. As vozes os seguiram. *Corra, mortal! Ele o segue!*

Caw olhou para trás e viu que estavam certos. Os pés da aranha gigante bateram no chão e se chocaram com uma árvore, fazendo o tronco tremer. As mandíbulas se moveram.

— Você não pode escapar de mim – disse a aranha.

Os pés de Caw voaram sobre o chão em passos largos, com Lydia logo atrás. Não havia nada à frente além de árvores podres e uma floresta escura e infinita.

236

– Temos que nos separar! – disse Lydia, soltando a mão do aperto dele.

Ela correu para a esquerda. Caw continuou seguindo em frente, e a respiração que saía de seus pulmões era azeda, tomada pelo medo. Ele olhou ao redor em busca dos corvos, mas os galhos mortos acima estavam vazios. Quando procurou Lydia de novo, ela também havia sumido.

Ele tropeçou em uma raiz e quase caiu, mas se endireitou. Escondeu-se atrás de um tronco, com as costas apertadas contra a casca, e tentou ficar imóvel.

A voz do Mestre da Seda soou distante quando rompeu o silêncio.

– Este é meu reino, Jack – disse ele. – Eu o modifico conforme minha vontade. Não faz sentido correr, pois todas as rotas levam a mim.

Caw prendeu a respiração, mas o coração batia dolorosamente no peito.

– Consigo sentir o cheiro do seu medo, garoto – disse o Mestre da Seda, mais perto agora.

Caw se perguntou se devia tentar correr. Quanto mais longe da clareira ele levasse o Mestre da Seda, mais tempo ganharia para Lydia. Mas sentia-se paralisado, como se os pés tivessem criado raízes da mesma forma que as árvores ao redor. Uma sombra comprida se moveu à esquerda, e, pelo arco que formava, ele soube que era de uma perna de aranha. Logo o membro coberto de pelos apareceu, a poucos metros de distância, movimentando-se com leveza. O ar estava frio. Ele obrigou o corpo a se mover e saiu correndo.

– Aí está você – sibilou a voz.

Os pés de Caw pareceram travar, e ele caiu no chão. O rosto bateu na lama, e um pouco entrou na boca. Caw se virou e percebeu que as pernas estavam presas uma à outra por algum tipo de gosma. O pavor roubou seu fôlego. Era uma teia. O Mestre da Seda espremeu o corpo aracnídeo entre as árvores.

— Você não vai a lugar nenhum, encantador de corvos.

Caw arrancou as teias com mãos cobertas de gosma e conseguiu soltar um pé. Cambaleou para se levantar, mas a aranha preta gigantesca arqueou as costas, e atirou um fio novo de seda de um ponto na base do abdômen. A substância grudenta envolveu os tornozelos de Caw e o puxou para o chão outra vez.

Ele sentiu o corpo ser arrastado pela terra à medida que o Mestre da Seda o trazia para a clareira. Raízes protuberantes machucavam suas costas, mas a aranha o puxava sem fazer esforço nenhum. Caw rolou e tentou diminuir a velocidade com as mãos, mas não havia nada em que se segurar. Suas costelas bateram em uma árvore, e ele ofegou de dor. Ergueu os braços para afastar outra pancada e conseguiu segurar um tronco. Sentiu as unhas agarrarem a casca e uma dor profunda quando uma delas se arrebentou.

Ele deslizou indefeso pelo meio da clareira, onde os corvos brancos ainda lutavam contra o ataque das aranhas. Quando a sombra do Mestre da Seda caiu sobre ele, Caw rolou e viu o rosto manchado e deformado do inimigo a centímetros do seu. Duas pernas se posicionaram no chão de cada lado de sua cabeça, e as partes pretas do corpo da aranha se projetaram.

Ele tentou respirar, tentou ficar calmo. Fechou os olhos, sabendo que talvez nunca tivesse outra chance. Não estava pronto para o fim.

— Solte-o! — gritou Lydia. — Estou com o Bico do Corvo.

Caw virou o pescoço e viu Lydia de pé ali perto. A espada estava na mão dela.

Por que ela havia voltado? Por que não fugiu? Ele tinha que fazer *alguma coisa*. O poder cresceu de repente dentro de Caw, como a água da enchente em uma represa. Ele sentiu um vento dentro de si avolumar e fazer balançarem as pontas da jaqueta surrada. Liberou-o e lançou seu chamado. Sentiu o alcance se espalhar pela clareira e além. Procurava todos os corvos da floresta.

O Mestre da Seda riu, e Caw sentiu fios de fluido branco escorrerem para o pescoço.

— A hora de negociar acabou, garotinha — disse a aranha. — Vou conseguir o que quero no final, mas primeiro ele tem que pagar pela insolência. Quando eu tiver terminado, ele estará implorando para que eu o deixe usar o Bico do Corvo. E não se preocupe, criança, sua vez virá em seguida!

*Venham a mim!* Caw gritou com a mente. *Por favor! Preciso de vocês.*

A força de seu espírito ferino agarrou cada corvo pela pata. Eles se entregaram a ele, e ele sentiu o poder das asas batendo e a raiva dos bicos ameaçando quase dominá-lo. Mas o poder era dele. Sua consciência pareceu se libertar dos limites da mente. Ele se tornou os corvos, e eles se tornaram Caw. Ele viu a floresta escura sob a envergadura coletiva das asas, viu a clareira e a forma de oito patas bem no meio.

— Pronto para sofrer? — perguntou o Mestre da Seda.

Caw abriu os olhos e viu as mandíbulas do Mestre da Seda escancaradas sobre seu rosto.

Atrás, mil corvos cobriam o céu.

— Agora! — disse Caw.

O céu despencou de uma vez.

# Capítulo 20

Os oito olhos do Mestre da Seda se arregalaram quando os corvos golpearam suas pernas e costas. Um deles deve ter cortado o fio que segurava Caw, porque de repente seus tornozelos ficaram livres. Ele rolou de baixo do abdômen preto na hora que as pernas da aranha se articularam. Mas os corvos continuaram descendo, afundando unhas e bicos na couraça de couro. A raiva de Caw os movia, e cada vez que um batia no corpo da aranha, parecia que ele estava batendo no Mestre da Seda com os próprios punhos.

Uma mistura de grunhido animal e grito selvagem ecoava pela clareira. Um odor pútrido se espalhou no ar quando o corpo da aranha se desintegrou sob o olhar de Caw. As pernas foram as primeiras, bicadas até não sobrar nada, depois o abdômen cedeu, desabando sobre si mesmo. Um líquido preto como petróleo formou uma poça embaixo do crânio quebrado da aranha. Caw deu um passo para trás e, por uma fração de segundo, pensou ter visto a forma fina e contorcida do Mestre da Seda, só pele pálida e roupas rasgadas. Lydia estava ao lado dele, fazendo uma careta de nojo.

O fervor dos corvos pareceu diminuir, e o ataque foi ficando menos frenético, e Caw ergueu a mão. Os pássaros obedeceram e levantaram voo até as árvores ao redor, com asas manchadas do sangue preto da aranha.

Não sobrou nada no chão além de um anel de ouro cintilante. Caw olhou com espanto, sem conseguir acreditar que era a última peça restante do monstro que havia pouco enfrentara. Com cautela, ele se agachou para pegar o anel. Estava frio como gelo.

Lydia se juntou a ele.

— Aquilo foi incrível! — disse ela. — Como você conseguiu?

Caw olhou para os corvos ao redor da clareira. Viu Alvo entre eles.

— Eu não fiz nada — disse ele. E indicou os pássaros. — Foram eles.

— Obrigada — disse Lydia. — A todos vocês!

Os corvos soltaram um coro de gorjeios suaves, e Lydia sussurrou para Caw:

— Mas principalmente a você. Não consigo acreditar que você veio atrás de mim.

Caw deu um sorriso tímido, uma parte desejando que o momento passasse e outra desejando que durasse para sempre.

— Não é nada comparado ao que você fez pulando por aquele portal — respondeu Caw. — Como sou o ferino dos corvos, eu sabia que havia uma chance de conseguir encontrar o caminho para casa. Mas você... você veio sabendo que não voltaria.

Lydia mordeu o lábio.

— Foi burrice, não foi?

— Foi incrível — disse Caw. E então, com um sorriso, acrescentou: — Mas não faça de novo. Combinado?

Lydia levantou o Bico do Corvo.

— Vamos para casa — disse ela.

Caw pegou a espada curva da mão dela e assentiu para Alvo.

– Adeus, Alvo.

Alvo inclinou a cabeça.

*Adeus, encantador de corvos.*

O corvo branco levantou voo, e, um a um, o resto do grupo o seguiu, deixando Caw e Lydia sozinhos.

Caw se sentia completamente esgotado, com os nervos em frangalhos, mas ergueu a espada com uma sensação de triunfo. Passou a lâmina pelo ar, e um corte escuro apareceu na frente deles, levando a uma escuridão mais profunda do que qualquer noite sem estrelas. Ele esticou a mão para Lydia, e ela a segurou.

– Pronta? – perguntou ele.

Ela assentiu, e eles entraram no vazio juntos. A escuridão envolveu Caw com um som de água corrente, e ele se sentiu sem peso de repente, como se a alma tivesse se separado do corpo. Ele foi flutuando como em um sonho, mas o tempo todo ainda sentia Lydia ao seu lado.

Uma tira fina de luz apareceu ao longe, e eles seguiram na direção dela, cada vez mais rápido. A luz se tornou ofuscante, e Caw abriu a boca para gritar, mas nenhum som saiu. Quando o brilho envolveu todo seu mundo, Caw se entregou e fechou os olhos.

Uma onda de choque percorreu seu corpo, e ele sentiu chão sólido sob os pés. Cambaleou para a frente e olhou ao redor, as vistas se ajustando lentamente à escuridão.

Estava no porão da fábrica de costura, segurando a mão de Lydia.

Caw esperava voltar ao cemitério ao lado do local de descanso dos pais, mas agora seu coração deu um pulo. Ele viu não só Migalha, mas a Sra. Strickham também, os dois de joelhos com as mãos amarradas atrás das cabeças e cobras ao redor dos pescoços. Atrás deles estavam Rasteiro e Mamba.

— Vejam quem são! — disse a mulher de preto. — Que perfeito. A ferina das raposas não foi fácil de pegar, mas vocês vieram direto para nós.

— Lydia! — disse a Sra. Strickham.

O casaco dela estava rasgado, e ela parecia exausta.

— Mãe! — disse Lydia.

Os olhos de Rasteiro pousaram no Bico do Corvo e se desviaram para o rosto de Caw.

— Onde está ele? Onde está o Mestre da Seda?

— O Mestre da Seda já era — disse Caw. — Foi destruído.

O sangue sumiu do rosto de Rasteiro, mas as feições de Mamba se enrijeceram.

— Você está mentindo! — sibilou ela.

Caw enfiou a mão no bolso e tirou o anel de ouro.

— Ele está dizendo a verdade — disse Lydia —, então é melhor vocês desistirem.

Rasteiro ficou mirando fixamente o anel, os olhos ardendo de fúria.

— Ou nós podemos matar vocês todos — disse ele.

Ele mexeu a cabeça, e de repente uma barata subiu pela perna de Caw, desceu pelo braço, foi até a mão e deu uma mordida funda na pele. Caw deu um grito de dor, e o anel caiu e deslizou pelo chão até as sombras. Ele sacudiu a mão para afastar a barata, mas viu um exército delas saindo dos cantos da sala.

Mamba sibilou, e a Sra. Strickham e Migalha gritaram quando as cobras ao redor dos pescoços deles aumentaram a pressão.

E então, Caw viu uma coisa estranha. Dois ratos entraram por baixo da porta. E ratos só podiam querer dizer uma coisa...

Pip entrou na sala, de olhos arregalados e ofegante.

– Soltem meus amigos! – gritou ele.

Rasteiro deu uma risadinha e lançou um olhar para Mamba.

– Ah, agora eu estou com medo.

– Devia – disse Pip.

Um zumbido elétrico soou em algum lugar nas paredes.

– O que é isso? – disse Mamba, dando um passo para trás.

Do teto, dos dutos suspensos de ar-condicionado, veio uma série de batidas. Alguma coisa estava correndo lá dentro. O zumbido virou uma vibração alta e ressonante. E, de repente, Caw percebeu o que o estava gerando.

– Para baixo! – chiou ele.

Ele se deitou no chão e puxou Lydia quando uma nuvem negra de abelhas entrou pela porta atrás de Pip e caiu em cima de Mamba e Rasteiro. Eles se contorceram e pularam, soltando gritos de pânico e berros enquanto os insetos cobriam sua pele.

– Socorro! – gemeu Mamba.

Com a mestra distraída, as cobras soltaram os pescoços de Migalha e Velma Strickham.

Rasteiro caiu no chão, rolou e conseguiu se livrar de algumas abelhas. Esticou a mão para pegar o extintor de incêndio encostado em uma parede e apontou para Mamba afastando as abelhas dela com espuma branca. Uma onda de baratas disparou em todas as direções, mas formas cinza caíram do teto e pousaram com destreza no chão. Esquilos!

Eles partiram para cima das baratas com garras e dentes, esmagando as cascas duras. Caw se afastou da batalha e puxou Lydia pela mão.

Coberta de espuma branca, Mamba balançava os braços desesperadamente. Porém, quando as cobras pularam para cima de Caw e de seus amigos, mais formas retorcidas as enfrentaram no chão. Centopeias gigantes se chocaram com o exército serpenteante. fazendo-os recuar.

– Isso aí, ferinos! – gritou Pip.

Na porta, três pessoas se juntaram a ele. Madeleine na cadeira de rodas, seus olhos escuros brilhando, Ali, o encantador de abelhas, alto e com a mão no ombro de Emily, a mulher idosa que comandava as centopeias.

– Corra! – gritou Rasteiro, com o rosto e os lábios inchados de picadas de abelhas.

Ele disparou na direção de uma porta que Caw não tinha visto antes, do outro lado da sala. Mamba passou correndo por ele, abriu a porta e sumiu. Caw apertou o Bico do Corvo. Estava prestes a ir atrás quando ouviu Mamba gritar. Ela voltou para a sala, recuando.

– Por favor! Não me machuque. Faça ele ir embora!

Rasteiro parou na mesma hora, e o coração de Caw deu um salto quando ele viu o enorme lobo castanho entrando lentamente na sala pela porta aberta. Baba escorria dos dentes brancos, e os lábios se repuxaram. Racklen entrou em seguida.

– Quanto tempo, Rasteiro – disse ele. – Temos negócios não concluídos, pelo que me lembro.

O encantador de baratas tremeu e apertou as mãos unidas como se em oração.

– Não sei o que você quer dizer! – disse ele.

245

O lobo rosnou.

— Você falou que arrancaria a pele de Cressida e a usaria como casaco — lembrou Racklen. — Ela diz que prefere o contrário.

Caw viu o pomo de Adão de Rasteiro subir e descer na garganta.

— Foi um mal-entendido, tenho certeza. Talvez possamos conversar sobre isso.

Emily, a ferina das centopeias, entrou lentamente na sala.

— A hora da conversa acabou — disse ela friamente. — Está na hora do sangue.

As centopeias se soltaram das cobras mortas de Mamba e começaram a se aproximar dos ferinos do mal. Ali estalou os dedos, chamando uma coluna nova de abelhas saídas dos dutos de ar-condicionado. Os esquilos de Madeleine pularam nas caixas, e todos direcionaram os olhares para Rasteiro e Mamba. Caw nunca imaginara que as criaturinhas felpudas podiam parecer tão ameaçadoras.

— Esperem — disse Velma Strickham. Ela dera um passo à frente e passara os braços ao redor de Lydia. — Não é assim que fazemos as coisas.

— Isso é guerra — disse Racklen. — É vingança pelo que eles fizeram conosco. — Ele colocou a mão nos pelos grossos do lobo e olhou para Rasteiro com ódio puro. — Destrua-os, minha menina — mandou ele delicadamente.

— Não! — gritou Caw, pulando entre o lobo e os discípulos apavorados do Mestre da Seda.

O animal parou a 30 centímetros dele, com os rostos quase na mesa altura. Mesmo se seus corvos estivessem ali, ele sabia que eles não poderiam fazer nada por ele naquele momento.

246

– Já vimos derramamento de sangue demais – argumentou ele, tentando lutar contra o medo que ameaçava fazer sua voz falhar. – Esses ferinos estão sob nosso controle.

Os olhos amarelos do lobo o observavam, e Caw torceu para Racklen ter controle firme sobre os instintos dele. Com uma mordida, o animal podia esmagar seu crânio.

– Escute-o, encantador de lobos – disse Migalha. – A guerra acabou e nós lutamos pelo bem, lembra? Eram *eles* que matavam sem piedade.

Finalmente, o lobo recuou.

– Você fez a coisa certa – disse Velma. – Sua mulher sentiria orgulho de você, Racklen.

Um som repentino de passos fez todo mundo se virar. Luz vinha do corredor.

– Parados! – gritou uma voz. – Polícia!

– Vão! – disse Velma. – Saiam daqui!

Ali segurou os apoios da cadeira de rodas de Madeleine e a empurrou para o outro lado da sala enquanto Racklen se virava e o lobo passava por ele. O ferino de lobos esperou na porta pela qual havia entrado até Emily também ter passado. Migalha e Pip foram os últimos a sair.

De repente, Caw foi cegado por lanternas e só via as silhuetas de pessoas, algumas correndo, algumas agachadas.

– Polícia! De joelhos!

Caw viu o brilho dos canos das armas.

– Largue a arma!

Ele percebeu que estavam falando com ele e soltou o Bico do Corvo. Ficou de joelhos e levantou as mãos. Lydia já tinha feito o mesmo.

– É o garoto da biblioteca! – disse um policial.

Um momento depois, Caw sentiu as mãos sendo puxadas para as costas e o metal gelado das algemas.

— Afastem-se! — Caw reconheceu a voz mal-humorada do Sr. Strickham. — Lydia! Velma! Saiam de cima delas, são minha mulher e minha filha!

— Pai!

Caw sentiu ser erguido. Olhou para o Bico do Corvo desesperadamente, mas não havia como alcançá-lo.

— Lydia! Velma! — disse o Sr. Strickham. — Pensei que vocês duas... Achei... Graças a Deus!

Dois policiais empurraram Caw para fora da sala e escada acima. Ele ouviu a voz de Lydia atrás.

— Pai, eles pegaram Caw! — disse ela.

Havia mais policiais no corredor acima. Ele ouviu alguém dizendo:

— ... dezenas de raposas malditas... aqui! Nunca vi nada igual.

— Pai! — gritou Lydia de novo. — Para onde estão levando Caw? Ele me salvou!

O garoto foi meio arrastado, meio empurrado pelo salão cheio de máquinas de costura, depois por uma porta, e então para a noite. Quatro viaturas da polícia e duas vans estavam estacionadas perto do meio-fio. Caw sentiu a algema ser solta em um dos pulsos.

— Fique parado! — disse um dos policiais, prendendo o outro pulso da algema em uma barra de metal. O rádio dele estalou. — Você disse *abelhas*?

Caw quase sorriu. Os outros ferinos estavam escondidos havia anos, não se deixariam pegar agora.

Um momento depois, Rasteiro e Mamba saíram pela porta, os dois algemados e cercados de policiais do grupamento

248

de choque. Os ferinos estavam quietos e pálidos quando foram escoltados até uma van e empurrados para dentro.

— Fique parado e não se vire — sussurrou uma voz atrás dele.

— Pip? — disse Caw.

— Shh! Vou tentar arrombar a tranca.

Alguns segundos depois, a pressão desapareceu dos pulsos de Caw. Ele puxou as mãos devagar e se virou. Pip tinha sumido, e as algemas estavam penduradas na grade.

O Sr. e a Sra. Strickham saíram pela porta da fábrica com Lydia entre eles, os três se abraçavam com força. O coração de Caw pareceu inchar quando ele viu isso.

— Policial Franco? — disse o Sr. Strickham. — Precisamos conversar sobre o garoto.

Um dos policiais que escoltou Caw para fora do prédio foi correndo até o diretor.

— Nós o pegamos — disse ele. — Está preso naquela grade...

Mas Caw já tinha pulado a grade e desaparecido nas sombras entre os dois prédios.

Não podia voltar para o ninho, ele sabia disso. Era o primeiro lugar onde o procurariam.

E isso só deixava uma possibilidade.

Ele acordou com o cheiro de bacon sob as vigas da igreja. Migalha estava inclinado sobre o braseiro, mexendo em uma frigideira velha. A luz pálida da manhã entrava pela janela e pelo buraco no teto.

— Bom dia, dorminhoco — disse ele.

Caw se sentou rapidamente e na mesma hora desejou não ter feito isso. O corpo estava todo dolorido, das pontas dos dedos dos pés ao couro cabeludo. Ele gemeu.

249

— Virar corvo provoca isso — disse Migalha, rindo. Ele entregou a Caw um prato com um sanduíche gorduroso de bacon e um copo de isopor fumegante. Em seguida, se sentou no chão em frente e afundou os dentes em um sanduíche. — É verdade, então? Ele se foi?

Caw deu uma mordida enorme e assentiu, lembrando-se dos olhos loucos do Mestre da Seda em seus momentos finais.

— E que não volte mais — disse Migalha. Ele mastigou, pensativo. — Você sabe, Caw, que pode ficar por aqui de vez se quiser?

Caw sorriu.

— Obrigado — disse ele —, mas você não precisa dizer isso.

Migalha deu de ombros.

— Preciso, sim — disse ele.

Ele enfiou a mão em um dos muitos bolsos e pegou um quadrado dobrado de jornal. Entregou para Caw.

O jornal parecia delicado, e Caw o abriu com cuidado. Era uma foto em preto e branco de um homem e uma mulher. Caw reconheceu os rostos do sonho, sua mãe e seu pai. Nos ombros do homem havia um garoto de três ou quatro anos sentado, com as pernas penduradas. Caw engoliu com dificuldade e ficou olhando para a versão mais nova dele mesmo antes de voltar a olhar para os pais. Os dois sorriam com felicidade.

— Achei que você devia ficar com isso — disse Migalha.

Caw finalmente conseguiu falar.

— De onde é?

— Quaker — disse ele. — Ele me deu ontem à noite. Foi cortada de um artigo que saiu depois que eles morreram. Sei como é perder os pais, Caw. Portanto, abrigar você é o mínimo que posso fazer.

Caw dobrou o jornal e o guardou no casaco.

– Obrigado.

Ele se sentou mais tenso ao ouvir passos na escada, mas Migalha apenas continuou a mastigar o sanduíche.

– Oi, Pip! – disse o encantador de pombos.

O garoto louro entrou no aposento.

– Encontrei uns amigos seus, Caw – disse ele, indicando a janela de vitral quebrada no fundo da nave.

Penoso e Grasnido entraram voando e viraram as asas para pousarem ao lado de Caw.

*Para onde você foi?*, perguntou Penoso. *Esperamos no cemitério durante horas!*

– É uma longa história – disse Caw.

*Mas antes de começar... isso é bacon?*, perguntou Grasnido.

Caw arrancou um pedaço e jogou para o corvo, que o ajeitou no bico e o pegou.

– E adivinha? – disse Pip. – Estou com mais uma coisa sua.

Ele levantou um cobertor imundo jogado ao lado do braseiro e desembrulhou com cuidado. Dentro estava uma espada preta, comprida e cintilante, o Bico do Corvo.

– Surrupiei de um policial dorminhoco – disse Pip. – Então, Caw... – acrescentou ele com timidez. – Você vai ficar aqui com a gente?

Caw tomou um gole da bebida e sentiu gosto de chocolate quente. O rosto da Srta. Wallace apareceu em sua mente, e ele sentiu uma onda de tristeza. Ele olhou para o rosto cheio de expectativas de Pip.

– Não sei – disse ele. – Acho... acho que preciso ficar um pouco sozinho.

— Claro — disse Migalha. — Você precisa de alguma coisa?

Caw ia dizer não, mas um pensamento ocorreu a ele.

— Tem uma coisa — disse ele.

Naquela tarde, Caw pegou um ônibus pela primeira vez na vida, usando roupas emprestadas de Migalha. Enrolou um cachecol no rosto e colocou um boné tão puxado quanto possível, para o caso de alguém o reconhecer do jornal. Pela primeira vez, os corvos concordaram em ficar para trás. Eles sabiam que era uma coisa que Caw precisava fazer sozinho.

O ônibus sibilante o levou para fora de Blackstone, para um pequeno vilarejo chamado Falston. Lá ele desembarcou e passou pelo portão da igreja e seguiu o caminho entre os túmulos. Pegou uma única rosa branca amassada no bolso e colocou ao lado da lápide dos pais, depois passou os dedos pelas curvas e linhas dos nomes deles. Um dia, talvez, conseguisse lê-los.

Caw tirou a foto do casaco e a esticou em cima do mármore.

Poderia Migalha substituí-los? É claro que não. Mas ele seria um companheiro, um tipo de irmão mais velho, e Caw não tinha dúvida de que o ferino dos pombos era capaz de ensinar a ele um ou duas coisas sobre sobreviver em Blackstone. Ele não sabia como Grasnido e Penoso receberiam a ideia de viver com pombos, mas achava que aprenderiam a aceitar. Corvos eram sobreviventes, como Penoso costumava dizer.

Ou talvez ele pudesse construir para si um ninho novo, em algum lugar mais seguro do que o parque. Com cem corvos trabalhando para ele, demoraria só uma fração do tempo. Mas alguma coisa dizia que ele não faria isso. Já tinha morado sozinho por muito tempo. Talvez fosse hora de ter companhia humana.

— Achei que você poderia estar aqui — disse Lydia.

Caw quase largou a foto e se levantou rapidamente. Ela estava a poucos metros de distância, enrolada em um grosso casaco verde, com um chapéu e um cachecol verdes e as mãos enfiadas nos bolsos.

— Como você me encontrou? — perguntou ele.

Lydia sorriu, puxou a mão enluvada e apontou para o outro lado do pátio da igreja. Caw viu a Sra. Strickham sentada no banco do motorista do carro delas. Ela acenou.

— Minha mãe sabia onde seus pais foram enterrados. As raposas têm visão boa, pelo visto. — Ela olhou para o túmulo. — Carmichael. É um nome legal.

Caw esticou a foto para ela.

— São eles. Meus pais — disse ele com orgulho.

— Eles parecem gentis — comentou Lydia. Ela franziu a testa. — Esse é você? Você era fofo!

Caw corou.

Lydia riu, mas ficou séria de repente.

— Como você pôde ir embora sem se despedir ontem à noite?

— Me desculpe — pediu Caw. — Eu precisei. Foi por isso que você veio aqui, para se despedir?

Lydia lançou um olhar rápido para a mãe.

— Não. Vim perguntar se você quer morar com a gente, ao menos por um tempo.

— Mas...

— Me escute — disse ela. — Temos um quarto extra. Meu pai disse que tudo bem. Não vamos contar para ele que você é um ferino, claro. Ele nem sabe sobre mamãe! Seus modos à mesa precisam de treinamento, sem dúvida, e dois dias no banheiro não fariam mal. E tem também seu guarda-roupa, que francamente...

— Tudo bem, tudo bem — disse Caw, levantando a mão. — Já entendi a ideia.

— Então você vem? — perguntou Lydia, com o rosto se iluminando.

Caw hesitou. Um lar de verdade, com cama de verdade e família de verdade e refeições de verdade à mesa...

— Vou ter que conversar com os corvos, mas... espere...

Ele fez uma pausa ao ver alguma coisa no cabelo dela, algum tipo de penugem, e esticou a mão para tirá-la.

De repente afastou a mão; a penugem caiu no chão e saiu correndo sobre oito patas. O sangue dele gelou.

— O que foi? — perguntou Lydia, virando a cabeça.

— Nada — disse Caw rapidamente. — Só uma mariposa.

Mas não era. Era uma aranha. Uma aranha branca como um osso.

— Então você estava dizendo que vai conversar com os corvos, certo? Tenho certeza de que eles vão amar ter mais espaço no ninho. Ou eles podem construir um ninho novo no jardim!

A aranha. Talvez não quisesse dizer nada. O Mestre da Seda *estava* morto, não estava? Mas, se não estivesse...

— Eu não posso — respondeu ele de repente. — Sinto muito. Acho que meu lugar é com Migalha agora. E você está certa, meus modos à mesa...

— Eu estava brincando! — disse Lydia.

— Eu sei — avisou Caw —, mas eu estou falando sério. Acho que ainda não estou pronto. Não para esse tipo de vida.

254

A expressão de Lydia desmoronou.

– Se é isso que você acha – disse ela. – Mas a proposta estará sempre de pé.

– E fico grato – garantiu Caw. – De verdade.

Uma buzina de carro soou colina abaixo, e Lydia olhou para a mãe.

– Tenho que ir – disse ela. Sem aviso, ela se inclinou e abraçou Caw com força. Ele sentiu o sangue subir ao rosto de novo quando Lydia foi andando de costas lentamente. – Tchau, Jack Carmichael. Ao menos por agora. Lembre que prometi ensinar você a ler. Você não vai escapar disso!

Caw sorriu e olhou para o túmulo dos pais, esperando que o rosto deixasse de ficar corado.

*Elizabeth e Richard Carmichael.* Dois nomes que não contavam nem metade da história.

Ele não fazia ideia de qual era seu nome verdadeiro até Felix Quaker contar. Não era chamado de Jack desde que tinha 5 anos, e não pretendia começar agora.

Ele chamou Lydia quando ela abriu a porta do carro, na parte de baixo do cemitério.

– Meu nome não é Jack – disse ele. – É Caw.

Lydia sorriu.

– Então tchau, Caw! – gritou ela, e acenou.

Caw, o encantador de corvos. Caw, o último descendente de uma linhagem de centenas de anos. O que os dias seguintes trariam?

Ele respirou fundo e sentiu que o ar gélido o limpava. De alguma forma, sabia que a ameaça não estava liquidada. Havia outros ferinos por aí, maus e bons. Um inimigo fora derrotado, porém mais viriam.

E Caw estaria pronto.

Este livro foi composto na tipologia Warnock Pro,
em corpo 11/15,2, e impresso em papel off-white,
no Sistema Cameron da Divisão Gráfica
da Distribuidora Record.